俺の彼女になってくれませんか?
クラスメイトその13くらい
モブキャラの私が
主役級男子に告白されました
返事は――
保留

彼はみんなの人気者
そこにいるだけで
きらきらしてる
見つめすぎっ
こんな人が私のことを好きだなんて
はっ
きっと何かの間違い

てか今のあれだよね
え?
メグに告られたって子
え?!今の?!地味じゃない…?
ちょっと声(笑)
——やっぱり彼女になんてなれない
こんな自信のない私
いつかきっと嫌われてしまう

告白された時のこと
思い出すと胸がぎゅっとなる
この人の彼女になれたら
きっとすごく幸せ…
…やっぱり無理です
君のこと
傷つけてごめん
こんな私が
ごめんなさい…
君のとなりにいられる日が来るのかな—?

野いちご文庫

# 柊くんは私のことが好きらしい

沙絢

STARTS
スターツ出版株式会社

クラスメイトその13くらいの私が
主役級男子に告白されました

『俺の彼女になってくれませんか』
この告白

受ける？　断る？

脇役系女子と主役級男子
ちょっぴり世界が違うふたりの
手探り状態　お付き合い

Contents

Ⅰ　日常、崩壊中　7
Ⅱ　現実と理想　35
Ⅲ　置き去りな気持ち　55
Ⅳ　満たされる時間　87
Ⅴ　決まっていた答　105
Ⅵ　光さすほうへ　133
Ⅶ　きらめきは今も　167
Ⅷ　白線の向こう側　193
Ⅸ　おまたせ　231
Ⅹ　手探り状態、お付き合い　269

書籍限定番外編
―エピソード・ゼロ―　295

あとがき　340

返事保留…。

Himari Takatoh

高《たか》遠《とお》陽《ひ》鞠《まり》

自分に自信がない
地味女子。
目立つタイプではないけど、
いつもまじめで一生懸命。

Emi Mori

森《もり》咲《えみ》

陽鞠の友達。
一見可愛らしいけど、
負けん気が強い。

"Hiiragi-kun & I"
Characters

告白!

Megumu Hiiragi

柊《ひいらぎ》 仁《めぐむ》

クラスの人気者で中心人物。
通称「メグ」。
裏表のない性格で
楽しいことが大好き。

Hukushi Monma

Seigo Odaka

小鷹《おだか》 成悟《せいご》

メグと並ぶクラスの人気者。
めんどくさがりで
無駄なことが嫌い。

門間《もんま》 福嗣《ふくし》

陽鞠とは腐れ縁。
中学から打ち解けた。
惚れっぽくて騒がしいけどいい奴。

# I 日常、崩壊中

放課後の、オレンジ色に染まった教室。

ほんのりと、赤みのさした頬《ほお》。

逸《そ》らされていた瞳の中で弾《はじ》けた、少しの勇気とめいっぱいの緊張。

深く息を吸いこむために開いた唇《くちびる》から、告《つ》げられた言葉。

『俺の彼女になってくれませんか』

全部覚えてる。思い出すたび胸が、ぎゅってなる。

この人の彼女になれたら、きっとすごく、すごく、幸せなんだろうなー……って。

繰り返し何度も、想像した。

でも——彼女になんて、とうていなれそうにない。


「メグの彼女だ」

知らない男子の声が耳に入ってきて、衝撃《しょうげき》で心臓が胸を突き破るかと思った。

下駄箱へローファーをしまっていた私の視界のすみに、男女数人のグループがだらだらと動いているのが映る。

そっとそちらをうかがうと、ひとりの女子が私に不満げな視線を投げつけ、「違うし」と答えた。

「え？　違うの？」

「違うってば。ありえないから、彼女とか」

「なに？　なんでそんな不機嫌《ふきげん》なわけ？」

「うるさいなあー！」

そんな会話を背に、できる限り早足で教室へ向かった。

ああ……消えてしまいたい。平和な日常に戻りたい。

言いたいことはわかるよ。私だって、ありえないって思うもん。でも、それとこれとは別っていうか。

品定《しなさだ》めするような目つき。その結果、『不合格』という判定《はんてい》をくだすような視線。とてもじゃないけど平然とはしていられない。

高校に入学して、もうすぐ半年が経《た》つ。友達は多いほうではないけれど、普通に、それなりに楽しく、目立たず生きてきた。

毎朝、染めていない髪を結んだり、軽くメイクをしたりもするから、地味だとか暗いとか、そんなふうに自分のことを見てはいないけど。自分とは比べ物にならないくらい、きらきら輝いている世界で生きている人の目を引くようなタイプじゃない。

教室では〝クラスメイトその十三〟くらいのポジションで、街なかでいうなら〝通行人D〟とかで、なんなら視界から見切れているのが当たり前で、その存在をとくに意識されることもない日々。

ヒーローやヒロインみたいな主役級の人たちがいる世界では、その他大勢で背景の一部でしかない〝モブキャラ〟。圧倒的に圏外《けんがい》。それが、私。

でも、それはたとえるならの話であって、私には私の世界がある。……あったはずだった。

私は、『メグの彼女』じゃない。誰の彼女でも、ない。

放課後は友達と遊んだり、バイトに勤《いそ》しんだりするくらいだった日常が、ある日突然変わってしまった。しかもわりと結構《けっこう》な人数を巻きこんで。

その理由は……告白されたから。

モブキャラ位置の私が告白されたって、内輪以外で話題になるはずはないのに。そうもいかなかったのは、私の彼氏に名乗りをあげてくれたのが、主役級男子だったせい。

相手は同じクラスの人気者。校内でも知らない人はいないんじゃないかってくらい、いつも人に囲まれている彼に、なぜか私が、告白された。心底ビックリして、ありえないって思った。夢じゃないかと思った。だけど彼の告白は真剣そのもので、少し考えさせて欲しいと、保留にさせてもらったのだけれど……。

『高遠陽鞠《たかとおひまり》って誰⁉』

告白の翌日にはその事実がクラスメイトに知られることになって、そこからわずか半日で一年女子に私の名前が知れ渡り、数日のうちには男子にも顔を覚えられた。

『なんで、あの子？』

わかる。ものすごく共感する。

特別かわいいわけじゃない。表彰《ひょうしょう》されるような特技もない。自分でも恐ろしいほど取り立てて言うような部分がない。

そんな私を、どうして。

『好き、なんだけど』

一週間前のことなのに、思い出しては胸がぎゅっと締めつけられる。あの熱っぽい表情と声を思い浮かべるたび、私の顔は火照《ほて》りはじめて、

「どうしよう……」

ずっと、答を探してる。

ため息をこぼし、うしろのドアから教室に入ったとたん、

「あ。おはよー」

と、ついさっきまで考えていた主役級男子からナチュラルに笑いかけられる。

どん、と胸を叩《たた》かれたような衝撃に、呼吸の仕方を忘れてしまいそうになった。

なんでもう教室にいるの!?　しかもそんな大勢の友達に囲まれて……！　いや、今はそんなことより挨拶《あいさつ》を返さないと！

「あ、わ……お、おはようっ！」

「泡？」

ヒィ！　噛《か》んだうえにつっこまれた！　恥《は》ずかしい！

「なにあれ、ガチガチじゃん」

「高遠さんウケる」

みんなの顔に、(笑)って書いてあるよ絶対。あああ、もおおお！

「今のはメグが悪い」

「え、俺⁉　なんでっ。挨拶くらいするだろ！」

私の動揺《どうよう》も知らずに、会話は進んでいる。当の本人は悪気なく素《す》でやっちゃうところがさあ、もう！　もうっ、……私って本当に、ダメだなあ。

そそくさと席へ着いて、今度は自分の態度に意気消沈《いきしょうちん》する。

テンパりすぎ。すぐ固まるのよくない。逃げてばっかり。本日の朝もいいところなし！　今日こそ自分から挨拶したかったのに……。

噛みながら返すだけで精いっぱいだった相手は、男女入り混ざるグループのまん中で今日も笑っている。驚いたり、困ったり、真顔になったり。どんな表情になっても、きらきらとまぶしく輝いて見える。

――おはよう、柊《ひいらぎ》くん。

言えずに飲みこむだけの挨拶を、明日こそ。

毎日意気込んだって今日も失敗に終わったけれど、日を重ねるごとに告白されたことが実感をともなってくる。

教室に入ってすぐ笑いかけてくれた彼こそが、私に告白してくれた、初めての人。

「ひまりちゃん、ご指名入りましたー」

教材をカバンから机にしまっていると、赤茶のツインテールを揺らして咲《えみ》が歩み寄ってきた。でも、その背後に見える教室の出入り口付近には、誰もいない。

「どういうことでしょう……？」

「だからぁ、高遠さん呼んでくれませんか？って。またかよ！って思わず言いそうになったわ。ほんっと飽《あ》きないってか、三人で呼びだしてなにすんの？　この子ずっと好きだったんだからとか、付き合うなとか言っちゃうの？　校舎裏とかに追い込んで？　ウケんだけど！　いいかげん、ひまりがメグの彼女第一候補だってこと認めろっつーのに。まあ気持ちわかんなくもないけどさぁ。あ、断っといたから」

最後にまるでついでのごとく言った。マシンガントークがはじまった瞬間に、私が呼びだされたことは咲のなかでなかったことにされたのかと思った。

「追い払ってくれたのね。ありがとう、助かった」

「だってあとでメグにバレて怒られたらムカつくし。てかさー、聞いてよ。昨日さー」

ころころ話題を変える咲はおしゃべりで、私の感謝をあっさりと受け流し、昨夜ケンカしたらしいお父さんへのグチをこぼしはじめる。あまりのひどい言い草に「かわいそうだよ」と返しながらも笑ってしまった。

周囲が騒《さわ》がしくなっても、ここだけは以前と変わらない。

咲とは高校からの仲で、性格や好みは真逆に近いけど、昔からの知り合いみたいに馬が合って、すぐに仲良くなった。最悪、孤立《こりつ》するかもしれないと抱いていた不安が数日で消えたのも、咲のおかげだと言ってもいいくらい、ずいぶん助けてもらってる。

今回も含めて過去三回。私が『メグの彼女候補』であることに納得がいかない子たちに対して、ことごとく噛みついてくれた。

一見愛らしいツインテールの咲は、メイクの濃さ以上に負けん気が強い。口も悪いし、よく人を小馬鹿《こばか》にするし、人に対してひるむ姿なんて見たことない。

だから正直なところ、咲こそが呼びだしをしてきそうな子だよなって思う。

しかも絶対リーダー格。気になる人がいたら、その彼女に率先《そっせん》して別れてよとか言っちゃうタイプ。生意気言われるとカッと熱くなって平手打ちも余裕なタイプ。って本人にも言ってみたことがある。

『失礼じゃない？　まあ、やるわけないとは言い切れないけど、咲は正々堂々戦うし。

てか、メグみたいなアイドル顔タイプじゃないから。あの爽《さわ》やかさっていうか、太陽光線みたいな笑顔も無理。向きあえない。それで思い出したけど、先輩に超かっこい い人がいた話を聞いて！』

咲に呼びだされる側じゃなくてよかった。心底そう思ったけど、あの笑顔を無理とか言わないで欲しい。……なんて、〝返事保留中〟の私が彼のことをかばうなって話だと自分でも思うから、なにも言えなかったんだけれど。

「やー。見てあれ。かわいいのいるーっ」

「メグね。ほんと顔綺麗《きれい》すぎだわ」

昼休みに入ったばかりの食堂付近は、雑然《ざつぜん》としていて騒がしいというのに、私の耳に入ってくるのはそんな会話ばかり。

「えー。綺麗っていうなら、小鷹《おだか》くんのが上でしょ」

「わかるわかる！　落ち着いてるよねー。うちのクラスの男子と交換して欲しいわ」

自販機《じはんき》の近くで、先輩たちが後輩のことで盛りあがっていた。それを耳にしながら話の対象になっている、購買《こうばい》の列に並んでいる一年生グループを盗み見る。

クラスメイトでもある男子が五人。女子がふたり。増えたり減ったりするけど、よく一緒にいる顔ぶれだ。

そのなかで人気なのは、〝メグ〟と〝小鷹くん〟でまちがいない。入学して数日も経たないうちに、クラスの女子がツートップと名づけていた。

……そこにいるだけで、きらきらしてる。

「でも観賞用でしょー。あれとくっつく女子、想像できなくない?」

「できるよ。彼女とかアタシ以外想像できないっしょ」

「なにバカ言ってんの! ありえねーっ」

盛りあがり続ける先輩たちの雰囲気《ふんいき》に、ゴトン、と重い音が重なる。私は買ったばかりのミルクティーのペットボトルを取りだし、自販機の列から抜けた。

い、いたたまれない……。

早く教室へ戻りたいという気持ちが大きく、うつむいていたのがまずかった。うしろに並んでいた先輩の肩とぶつかり、そのはずみで相手が小銭を落としてしまう。

「ご、ごめんなさっ、すみません!」

「あはは。いーよいーよ。大丈夫だから」

あわてて相手の小銭を拾いあげようとして、今度は自分のミルクティーまで落としてしまい、さらに笑われてしまった。

バカバカ、私のバカ! すばやく拾い集めたあと、ざっと地面を見回し、なにも残っていないことを確認する。その時、顔を上げなきゃよかったのに。

彼に見られていたことに、気づいてしまった。しゃがみこんでなにしてるんだろう、って。そんな表情の彼と目が合って。思いきり視線を逸らしたあとにまた、後悔する。

即刻逃げたい！　今はとにかく、一秒でも早く！

俊敏に立ちあがった私は先輩に小銭を手渡す。

「全部ありますか⁉　本当にすみませんでした！」

「ううん。こっちもごめん。拾ってくれてありがとー」

優しい先輩でよかった。頭を下げ、走りだしたくて進めた一歩をすんでのところで小さくした。全力疾走は逆にかっこわるいし目立つよね……！

小銭を拾って多少なりとも視線を集めてしまった手前、さらに目立ちたくはなかった。それなのに、おそらく、ぶつかってしまった先輩の友人が言った。

「今ぶつかった子、あれだよね。メグに告《こく》られた子」

「はっ⁉　マジで⁉　今の⁉」

ヒィイイイイイ‼　もう目立ちたくないとかどうでもいい！　私は一目散《いちもくさん》にその場から逃げ、離れた場所で待っていた咲のもとへ駆け寄る。

「ちょっとウソでしょ、もう一回！　てかどれ⁉　すでに顔がまったく思い出せないんだけど！」

咲の腕を抱きつくようにつかむと、そんな言葉が背中を殴《なぐ》りつけるかのよう。冗談でも、彼女を名乗ることなんてできない私には、お似合いの現実。

「……戻ろう」

声は小さかったかもしれないけど、つかむ力を強めた私に、咲はなにも言わず歩きだしてくれた。

柊仁《めぐむ》と言えば。

上級生の間でも話題になる有名人。友達は等しく『いい奴《やつ》』だと口をそろえる。そのあと『かっこいい』とか『かわいい』とか、女子の間では意見が分かれて、超イケメン！とまでは騒がれていないけど、人目を引く容姿をしているのはたしか。

「夏休み明けても暑いなー」

昼休みに入って半分も経たないうちに、柊くんの周りにはクラスメイトが数名集まっていた。いつもそう。呼んでいるわけじゃないのに、ひとり、またひとりと集まってくる。

なんでだろう、なあ……。

特別背が高いわけじゃないけど、多くの女子よりは高い身長とか。その割にほかの男子よりも長いすらっとした足とか。耳にかかる程度の黒髪は前下がりで、空気をまとっているみたいにふわふわなところとか。綺麗なアーモンド形の目とか。顔の輪郭《りんかく》はシャープだし、肌荒れって言葉とは無縁《むえん》そうだし。あと、周りが『メグ系いいよね！』ってほめるくらいの、オシャレさん。

粗《あら》がないっていうか、多感な私たちがうらやむものを多めに持っているのかもしれない。でも、それを鼻にかけることもなければ、冗談にさえしてしまえる彼の人柄は、いつも誰かを笑顔にさせている。

気さくで、前向きで、裏表《うらおもて》がなくて。リーダー気質じゃないのに頼まれると放っておけなくて。楽しいことが好きで、勉強は結構苦手で。一見くだらないことに大真面《まじ》目《め》になったかと思えば、地味な作業にはすぐ飽きたり。

完璧じゃないからこそ、近づきやすい。おもしろそうなこともちょっと悪いことも一緒にやってくれるから、みんなまっ先に『いい奴』って言う。彼を慕《した》って『メグ』って呼ぶ。

私は彼らの世界とがっちりつながっていたわけじゃないから、いまだに『柊くん』のまま。

「見つめすぎじゃない？」

「うえっ⁉」

びくりと肩を跳《は》ねさせた私は、正面にいる咲と合わせた目を両手でおおい隠す。

「見てない、見てません」

「いや、ガン見だったわ。顔だけ咲に向けて、視線は完全にメグだったから。話聞いてなかったでしょ。失礼な女だな」

指の隙間《すきま》から、ふてくされた咲をうかがう。でも私の目は磁石《じしゃく》みたいに柊くんへ引き寄せられてしまう。

これはたしかに……見つめすぎ、かも。

「ていうか、なに？　もしかしてさっきのこと気にしてんの？」

ぎくり。顔がこわばったのを咲は見逃さない。

「はー……めんどくさい。存在感薄いのがなによ。悪いの？　印象薄くて誰かに迷惑かけんの？」

ぐさぐさと遠慮《えんりょ》のない言葉が突き刺さってくじけそうになる。

存在感が薄いんだから印象に残らなくても仕方ない。今さらそんなことは気にならない。でも、

「そういうことでは、なく」

「だったら言わせときゃいいじゃんよ。ひまりだってそう言った先輩の顔なんかとっくに忘れてんでしょ。気にしすぎ。ハイ、ほかになにか？」

……気にしてる、のベクトルが違うんだよ。

私は上級生どころか同級生の話題にさえ出るようなタイプじゃなくて。自分の知らないところで話題にされているなんて考えたこともなくて。だからあんなふうに興味を持たれると尻込みしてしまう。私、なにかした？って思っちゃう。原因なんてとっくにわかっているけれど。

「うぅ～……だってさあ、信じられないじゃんかーっ」

両手で頬をおおって、うつむきながら本音をもらした。

騒がれるのが日常な柊くんと比べたら、どうしたって疑問に思っちゃうんだよ。なんで私なんかを……って。

「まだそんなこと言ってんのー？　ひまりが信じなくたって、告られたのは周知の事実じゃん。受けるか断るか、さくっと返事すればよかったのにさあ、保留なんかにしちゃうから悪目立ちしてんでしょ」

「だって突然すぎて、まともに頭働かなかったんだもん……！」

「それは、今なら答を出せるって言ってるようなもんだよね」

鋭い指摘に口をつぐむ。

考える時間はいくらでもあった。それでもまだ答を出せずにいるのは、やっぱり信じられないから。

夢じゃないってわかってる。マンガみたいに罰《ばつ》ゲームで告白されたわけじゃないっってことも。向けられた想いがウソじゃないってことも。

だからって、簡単に受け入れられるわけがない。

告白されることになるなんて、一週間前の私は想像もしていなかったんだもん。

同じ学年。同じクラス。友達の友達。一応接点はあったから、話す機会は何度かあった。クラスメイトとして仲良くやれていた。でも柊くんの人柄がそうさせるのであって、特別期待を抱くようなことじゃなかった。

……白状すると、仲良くなれたことにちょっぴり浮かれていた。

ウソ。なにを期待してるの思いこみにも程《ほど》があるでしょ現実見なさいよ私のバカ！って自分をののしるくらいには浮かれていた。

だって、信じられる？

クラスメイトの半数がフルネームを当てられるかさえ際《きわ》どい存在感の私が、全校生徒に名前が知れ渡っていると言っても過言《かごん》じゃない柊くんと、普通に話したり、連絡先まで交換するなんてさ。

信じられないでしょ。ありえないでしょ。

十六年生きてきたなかでもっとも注目を集めたのが、生まれた瞬間くらいの私だもん。浮かれもするさ！

だから、勘違いだけはしないように、って。いろんなことに理由づけした。

偶然近くにいあわせた時にしか言われなかった『おはよう』と『ばいばい』が、いつからか毎日言われるようになったのは、きっと席替えをして席が近くなったからだって思った。

ちょくちょく話すようになってから連絡先を交換しようって言われたのは、クラスメイトの一員として認識された流れだと思った。

ノート写させてって頼まれるようになったのは、声の大きい咲が何度も私の字が綺麗で見やすいって言ってくれるのが聞こえていたからだと思った。

『数Iの試験範囲教えて！』とか『髪切りたくて聞いて回ってるんだけど、いい美容院知ってる？』とか。

比較的返信しやすかったメールに、ふっと他愛《たあい》ない話題も混ざりはじめた時。ヒマなのかなと思う反面、うれしくなってしまったのは事実だ。これは何事なんだろうって深読みするようにもなった。

だって柊くんは住む世界が違う。校内一の美少女とか、他校の読者モデルとか、そこにいるだけで華《はな》やかな子と付き合うのがお似合いな人。どれだけ気さくだろうと、その点は絶対に周囲の予想を裏切らないだろうと思っていたのに。

席替えをして離れてしまっても、毎日続く挨拶。

授業中、睡魔《すいま》に勝つ気はなさそうだと感じるほど増えていく、ノートを貸す回数。

『高遠さん』から『ひまり』へ呼び方を変えた時に見せた、笑顔。

気づけばひとりの男の子の名前で埋まっていく、私の携帯履歴《りれき》。

クラスメイトとしてこれは普通のことなのかな?と考える、日々。

気になりはじめていた。そう感じる時点で、きっともう意識していた。

教室内の離れた場所でも目が合うと、微笑みかけてくれるようになった柊くんのことを。

「……」

過去を振り返っていた私は、今まさに柊くんから微笑みかけられていることが幻《まぼろし》ではないと気づき、目を見開いた。

うわ、どうしよう……! ていうかこっち来てる⁉ 私に向かって来てる⁉

かちあってしまった視線を逸らす暇《いとま》もなく、柊くんが歩み寄ってくる。距離が詰められるたびガチガチにこわばっていく私に、「石化《せきか》か」とつっこんでくれた咲の言葉は残念ながらなんの効力ももたず、ただ耳を通りすぎた。

「ひまり聞いてー」

「うあ、はいっ」

背筋を伸ばした緊張しまくりの私と違い、柊くんはいたって通常どおりの笑みを浮かべる。

「今さ、もうすぐ学園祭だよなーって話してたんだけど」

「う、うん」

それっぽい単語が聞こえたから知ってる。けっして耳をそばだてていたわけじゃなく。

「福嗣《ふくし》の奴、イケメンカフェだろとか言いだしてきかねーの」

そうそう。ふっくんの声が大きいからね、私にまで聞こえたの。

なんとか平静をとりつくろい、へらりと笑う。せっかく話しかけてくれたのに、すぐ会話終了、なんてことになったら不甲斐《ふがい》なさで寝込む。

「じゃあ、あれだ。柊くんが稼《かせ》ぎ頭で、主役だね」

「俺ぇ？　いやだよ。コケたら恥ずかしいし、」

その場にしゃがみこんだ柊くんは私の机に両肘《ひじ》を置き、重ねた手の甲にアゴを載《の》せる。

「絶対卒業までネタにされるじゃん」

そう言ってちらりと私を見やった視線は、机へ落とされた。

息が止まってしまいそうになる。この場にとどまってくれたのがうれしくて、いつもどおりでいなくちゃって思うのに、こそばゆくて言葉がうまく出てこない。

「コケないよー。だって、その、……」

「……やっぱりネタ決定か」

うわああ違うのに！　絶対成功するのに！　なに口ごもってるの、私のバカ、バカ!!　機嫌をそこねちゃったかもしれない！　だって柊くん、ちょっと口とがらせてるし……。

どうしようと焦《あせ》っている私の前で、「あのさあ」と咲が面倒《めんどう》そうに割って入った。

「普通に背中押してって言えばよくない？」

目を見開いた柊くんと同じように、私も咲を見つめる。おろおろしていた私の頭の中には静かに疑問符が増えていく。

「おまっ、やめろよ！　そういうんじゃないから！」

「咲にはそう見えただけだし。ていうか咲的には学園祭よりハロウィンパーティーしてって感じー」

「それ、仮装できればなんでもいいんだろ……」

自身のネイルを眺める咲は茶々を入れてきただけなのか、私も柊くんも会話の接《つ》ぎ穂《ほ》を失ってしまった。

なんなのこれ。私にどうしろっていうの……！

とにかく、柊くんは、背中を押して欲しいってことで、いいの？　なんで？　どこに不安要素があるのか、さっぱり……。なにをすることになっても、柊くんがいやがるとは思えない。イベント好きで楽しそうなことにはすぐ飛びつくし。

「えと……でも、学園祭ってある意味仮装パーティーみたいな感じ、あるし……柊くんはなに着ても似合いそう、だよね？」

咲に助け船を求めたものの、

「いや、そんな超人いないから。似合う似合わないは誰にでもあるでしょ」

と、瞬時《しゅんじ》に否定された挙句《あげく》、柊くんからも返答はない。むしろ納得しちゃってるよ！　おかげで表情がさらに曇って見えるよ！　なんで⁉

コケてネタにされたくない、なんて。本当にそんなこと思ってるのかな。主役に推《お》されるって、集客率とか稼ぎもあてにされてるってこと……だよね？

みんなの期待に応《こた》えられるかが心配で、ちょっぴり不安、とか？

そんなふうに感じる必要、ちっともないのに。

「大丈夫だよ」

感じた言葉そのままに、柊くんの顔をのぞきこむ。

「毎日必ず一回は、ほかのクラスの人が柊くんを訪ねてくるんだから」

同級生からバスケ部の先輩、たまに先生までと幅広い。校内のどこにいても声をかけられる。そんな人一年生で柊くんくらいなのに、お客さんが来ないなんてありえないよ。

目をまん丸くさせていた柊くんが、首をかしげた。

「よく見てるね」

「……、へ？」

よく見てる⁉　そりゃ見てるけど！　さっき見すぎって咲に怒られたばっかだけども！

じっと私を見つめる、細められた目になにかを見透《す》かされそうで、じわりじわりと顔が熱くなってくる。

「いや、あの、えっと、見てるというか」

見てはいますが、個人的に、ってわけじゃなくて。誰もが知っているであろう事実を言ってみただけでして……けっして毎日盗み見てるわけじゃ……。

言葉を重ねた分だけ墓穴《ぼけつ》を掘りそうで、頭が下がっていく。

「まあ、福嗣にアゴで使われるのも腹立つし」

えっ、流された⁉　しかも、なんか急に声が明るくなった気がするんですが！

「福嗣も仕切り屋だけどさあ、人をまとめるなら小鷹が適任じゃないのー？」

「あー、たしかに。小鷹の奴、実行委員までやりそう」

咲と会話する柊くんの様子は、いたって普通だ。

私が柊くんをよく見ているのかどうかって話は終わったの？　赤面《せきめん》しちゃったまま

なんですけど？

からかわれている気がして、まんまと引っかかってしまった気持ちにもなって、いたたまれない。こんなんじゃ私、柊くんのこと意識してますって言ってるようなもんじゃない？

「咲はめんどくさくなきゃなんでもいー」

「俺だって楽しめるならなんでもやるけどさー……一日中交代なしはやだな」

「……」

ちらり。会話が止まった隙をうかがえば、柊くんとばっちり目が合ってしまった。

「た、たしかに交代なしは大変そうだけど、どうせ楽しむなら一日中楽しめたほうがいいよねっ」

「それじゃあ俺、ひまりと学園祭回れないじゃん」

笑みを浮かべた私は、その言葉で再び石化がはじまってしまい、咲は冷静に「そこかよ」と柊くんにつっこむ。上目がちに見つめてくる柊くんは気恥ずかしそうでいて、でもちょっと口角を上げて、意地悪そうな表情のまま。

「そう思いませんか」

なんて、追い打ちをかけるように聞かれたら、鼓動《こどう》がうるさくてまともに答えられない。

せっかく、せっかく、自然な会話をしようと意気込んでいたのに！

「う、え、っと……」

目が泳ぐ。慣れてないもん、こんなこと。

あの告白から一週間。突然のことに、逃げるようにして返事を保留にした私は今も、煮えきらない態度ばかり。

どうしよう、どうしよう。

まだクラスの実行委員も出し物も決まっていないのに。いつから私と回りたいって思ってくれていたんだろう。いつから誘おうとしてくれていたんだろう。

さっき、みんなと学園祭の話になった時？　それとも、もっと前から？

なんで、思いもよらないタイミングで実行しちゃうの。そんなの絶対、私、赤くなるに決まってるじゃん。

断る理由だって見当たらない。一緒に回ってみたいって思うよ。むしろ私でよければ回らせてくださいって感じですよ！

「そ、そう、思い、ます……」

言葉の途中で目を伏せた。顔が赤くなってる分、よけいに〝YES《イエス》〟が恥ずかしくて。

「やった！　約束なっ」

予鈴が鳴り響くなか、柊くんは満面の笑みをたたえた。

「じゃ、戻ります」

「……はい」

こぼれ落ちそうなほどやわらかく細められた目。綺麗に並んだ歯がのぞくゆるんだ口もと。隠すことなく私に向けられる〝うれしい〟の気持ち。

きらきら、きらり。柊くんが笑うと、しばらく私の瞳はまるで万華鏡《まんげきょう》のよう。

「学園祭、すげー楽しみになった」

身体は自分の席へ向かっているけど、うれしそうな笑顔はセリフの最後まで私に向けられていた。

「はあああ……」

咲とふたりになったとたん、ぐったりと机につっ伏す。

疲れた……十分も話してないはずなのに、なんだかすっごく疲れた！

「ねー。メグと学園祭回るのはいいけどさあ、自由時間、咲は誰と回ればいいわけ」

「ええ？　それはもちろん私とじゃないの」

「どうだか。メグのひまり独占、はんたーい」

「いやそれはさすがにないから！　せいぜい一時間とか……」

だよ、ね？　え？　自由時間まるまるとか、ないよね？　無理ですよ。そんなの目立っちゃって心臓もちませんけど！

本人に聞こうにも、柊くんはすでに席に着いて小鷹くんと話している。

あそこに突撃とか無理。いや、今じゃなくたっていつでも聞けるけど、私は自分から意気揚々《ようよう》と話しかけるタイプじゃない。むしろ柊くん親衛隊《しんえいたい》並みの女子グループが日々ガードを高めているわけで……。

そもそも約束してすぐ『回るって言っても一時間くらいだよね？』とか失礼じゃない？　でもこういうのは時間が経つほど聞きづらくなるっていうのが定石《じょうせき》では。

――ぱち、とまた柊くんと目が合う。

わっ……ど、どうしよう！　今聞きにいくべき⁉　いや、でも本鈴も鳴るし――。

葛藤《かっとう》していると、柊くんがふは、と笑って。

「見つめすぎっ」

そう私に言った。近くにいるならまだしも、まさか机を四つ以上はさんだ場所から
そんなふうに声をかけられるとは思ってなくて。その言葉に反応した何人かのクラスメイトの視線まで感じたから、カーッと一気に頬が熱くなった。

みんなの前でなんてこと言うの、もおお……！

ぎくしゃくした動きで机に伏せた私からはきっと、湯気が出てる。身体あっついもん。見ていたことがクラスメイトにバレたとか恥ずかしすぎる。しかもバラしたのが

柊くん本人って！

「もう見ない……絶対見ない」

「無理でしょ。一分以内に見る、に百円～」

「その勝負、勝った」

「今なら特別タダで見てもいいよ」

咲にこそっと耳打ちされ、つい、盗み見てしまう私のゲンキンさと言ったら。

指の間から透かして見た柊くんは、どこかあきれた表情の小鷹くんの横でくつくつと楽しげに笑っていた。そして敏感にもまた私の視線に気づき、ゆるやかな曲線を唇に描く。そんな笑顔はめったに見られない。

……ううん。私はよく、知ってる。

告白される前から、柊くんの笑顔にはなにか秘密めいたものを感じていた。それが今は、好意なんだと実感していいものなんだってわかったから、ふいに落ち着かなくなる。

私に向けられるなにもかもが、柊くんの特別なんだと感じるたびにどきどきして、どきどきしすぎて、胸が苦しくなる。

……柊くん。私は今、アイスみたいに溶《と》けそうです。

# Ⅱ　現実と理想

自分がアイスじゃなかったことに感謝はするけれど。アイスだったら溶けそうになるくらいの出来事を教室内で起こしてしまったことは、結果オーライといかなかった。

とっても簡単に言うと、モブキャラごときが柊くんから彼女指名をもらっていることに不満をもつ人もいるわけで。

「ちょっといい？」

当然のごとく呼びだされた。四対一で、清掃時間に。咲も柊くんも教室からいなくなる好機を狙《ねら》い、レッツ恋敵《こいがたき》いびり。

二階に続く階段前はやたら薄暗い。生徒は各階にふたつある階段のうち、必然的に自分のクラスから近いほうを使うのだけど、わざわざ使わないほうの階段を選ぶあたり、計画性があるよなあ……。でも校舎裏じゃなかっただけマシか。

自然と壁際に追い込まれ、私を囲う女子四人を見つめる。名前は知らないけど見たことがあるからほかのクラスの子だ。

「なんか昼休みに、教室でおもしろいことあったって聞いたんだけどさあ」

腕を組んだひとりの女子が、遠回しに探ってくる。

たぶんそのことだろうなって呼びだされた瞬間に悟《さと》ったけど、目撃者がいたとはいえ、昼休みから三時間も経ってないのにどうしてこんなに広まるのが速いんだろう。

柊くんの話題が特別、なのかな。それとも相手が私だから、なのかな。

考えあぐねる私は、女子四人組の姿を眺めることで目の前の問題に集中した。

みんな流行に敏感そう。かわいいし美人だし、私の五倍はモテそう。いや四倍……うーん。三・五倍？

「高遠さん聞いてる？」

「あ、はい」

モテ度の比較をしてる場合じゃなかった。呼びだしに応じたからには真面目に話を聞いて……、でも聞いたところで、どうすればいいんだろう。

「その後、どうなってんのかなーって」

どう？　とは。柊くんとのこと、だよね。

「えっと……とくには、なにも……」

「え～？　そうなんだぁ」

おおう……笑顔が。親しみをこめた感じの笑顔が、作ってますーって言わんばかりのそれだ。

「高遠さんも大変だよねー。メグに告られただけで、一気に有名人だもん」

「ねー。それにさ、高遠さんがメグの彼女になるかもしれないってことに納得いかない子、超いるじゃん」

超いるのか……。そりゃ柊くんと私じゃ住む世界が違うし、納得できる人のほうが少ないだろうけど、これは気遣《づか》われているのか、牽制《けんせい》されているのか。後者だよね、圧倒的に牽制されてるよね。

「メグのことずっと好きな子もいるじゃん。今だってあきらめられない子もいるしさー」

「そうそう。一組のレナも告ったらしいよー？」

なんなんだろうこの会話。私、この人たちと友達じゃないよね……。

あくまで何気《なにげ》ない話をしてる体《てい》を装っているけど、遠回しに付き合うなって言われている気がしてならない。

「ていうか高遠さんに告ってから、メグって告られる頻度《ひんど》、高くなった気しない？」

「だよねえ!? 思ってた！　知ってる限り、ふたりは告ってるもん！」

「……」

「高遠さんは知ってた？」

彼女たちの会話に参加していなかった私は、にこりと笑顔で尋ねられ、引きつった笑みを浮かべた。

「知って、ます……」

「だよねえ！　知らないほうがおかしいよねーっ」

きゃぴきゃぴと楽しそうな彼女たちの言葉にトゲを感じるから、同じようには笑えないまま時間だけが過ぎていく。

「それでさあ、高遠さんはどうするの？」

ああ……やだな。彼女たちの前に立っていたくない。

品定めするような目つき。結果はとうに知れてる。私は柊くんにふさわしくない。

……はっきり言えばいいのに。それは私も、同じだけれど。

「わ、かりません……」

おなかの前で両手をぎゅっと握《にぎ》りしめ、絞りだした返答は彼女たちの熱を下げたようだった。唐突《とうとつ》に訪れた沈黙が、冷気のように肌を刺す。

「え、なんで？」

「てか、わからないってなにが？　返事するだけじゃん？」

「……そうですけど」

どうすればいいかわからないから、返事もなにも出てこないんだよ。

少し前までは、お互いただのクラスメイトだったはずなのに。それが実は片思いされていたなんて、しかも相手があの柊くんだなんて。

こんなこと人生で二度と起きないって思うくらい、私には衝撃的だった。

「いや、あのさ……メグに告られたんだよね？　どうすんのー？って軽く世間話？したかっただけで。あたしたち、そんなにむずかしいこと聞いてる？」

私が黙ってしまっても、彼女たちは顔を見合わせながら、このミッションを遂行《すいこう》する決意は揺らがないみたいだった。

「正直さ、即答できなかったんだから、断ってもよくない？」

「……えっ？」

「メグに告られただけでいい記念になったじゃーん」

「ちょっと、正直に言いすぎだって！」

目をしばたたかせる私をよそに、彼女たちは笑い声を混ぜながら自然とヒートアップしていく。

「私だったら即オーケーするけどね～」

「いやいや、告られたら超うれしいけどさ、先輩からにらまれんのは勘弁《かんべん》～。まあメグの彼女になれるなら知ったこっちゃないけど！」

「あはは！　だよね～。でも、高遠さんは違うんじゃん？」

「仕方ないって。だって傷つくだけじゃーん。ぶっちゃけつりあってないし！」

「ひでーっ」

きゃははと笑われて、顔が熱くなる。

知ってる。つりあってないって言われていることくらい、知ってるけど。この人たちの思うつぼになるのは、なんだかすごくいやだった。

「あの……もういいですか？」

ぴたりと笑い声がやむ。ほかに言い方があったかもしれない。

「せ、清掃時間も終わりますし……戻らないと」

それに、呼びだされたなんて知られたら咲が大爆笑して言いふらすもの。それこそ勘弁して欲しい。これ以上ウワサの的になりたくない。

だから早々に切りあげたかった。なのに、彼女たちの顔は瞬《また》く間に不満げな表情へ塗り替えられていた。

「え？　なに？　あたしたちの話聞いてた？」

これは絶対やらかしてしまったパターン……！

冷ややかな笑顔に、ぐっと唇を結べば、「え？　もしかして伝わってない？」と笑顔が崩れはじめる。

「うちら自分のために言ってるんじゃないんだけど」

それはさすがにウソでは……。

「高遠さんが彼女になったら、メグがバカにされんの！」

胸をひと突きされたような感覚に、一瞬フリーズしかけた時。

「うっは。マジで？」

すっと頭の中に入ってきたのは、柊くんの声だった。

「やだ、ウソ……ッ」

私を囲んでいた女子四人がいっせいにその身を後退させる。崩れた囲いの先で、柊くんが四人の顔をのぞきこむように首をかしげて立っていた。口角は上がっている。

「バカにしてる奴って誰？　女子？　男子？　タメ？　先輩？」

近づいてくる柊くんの質問には誰も答えない。それどころか後ずさって、団子《だんご》みたいに身を寄せあう。

「それともその話自体がデマ？　ホント？　どっち？」

キュッ、と。私と彼女たちの間で立ち止まった柊くんの上ばきが音を立てる。

「メ、メグ……あの」

「まあどっちでもいいよ。俺がバカにされるなら」

でも——と柊くんは続けて、私を背に彼女たちの正面に向き直った。

「つりあわないとか、調子乗ってるとか。そういうことをひまりに言う奴がいたら、俺今みたいに笑ってない」

柊くんの肩越しに、青ざめたり困惑《こんわく》したり泣きそうになってる子たちが見えた。

「……ひまりのこと、困らせないでやって」

どんな表情で言ってるのか私からはうかがえないけど、きっと眉《まゆ》を八の字にしていると思った。女の子たちがつられたように同じ表情になったから。

呼びだしに応じた、という点で言えば私が話題の中心にいなきゃいけないはずなのに、早くもかすんじゃってるよなあ……。もはや彼女たちの脳内では〝メグの背後になんかいる〟程度の認識になってるよ。その証拠に目配せしあった彼女たちは、

「ごめん……」

「メグ、ごめんね」

と私には目もくれず、小走りに去っていった。

いいけどね。こんな、呼びだされただけじゃなく助けまで入る経験なんて皆無《かいむ》だったわけだから、なす術《すべ》ないのも当然といえば当然の結果ですけども。ちょっと釈然《しゃくぜん》としないよね。

「ひまり」

くるりと振り返った柊くんへ何気なしに目をやる。

あー……申し訳なさそうな顔してる。とくになにもされてないし、柊くんのせいじゃないのに。

私のせい、だよ。

特別かわいくもないのに、人気者の柊くんに好きになってもらっちゃってさ。私だって当事者じゃなく外野だったら、なんで？って言う。きっと彼女たちと同じくらい、悔しく思う。

ぽっと出の私よりずっとたくさん、柊くんとすごしてきた人たちがいるんだもん。

それなのに、ほんと、なんでだろうなあ……。

なんで、私なんかが目に留まったんだろう。

「柊くんはモテるねえ」

浮かんだ言葉を噛みくだいて伝えれば、柊くんは丸くした目を逸らした。

「いや……、……やめてよ」

ふふ。やめてよ、だって。告白したことが周知されても、数人から告白されてるもん。モテないとは言えないよね。

その事実をごまかせない柊くんは首のうしろをかき、困ったように口をへの字に曲げている。かわいいなあ。

「なんもされなかった？」

心配そうな表情に、胸がわずかに音を立てるよう。

「まさか。なにもされてないよ」

むしろ柊くんに登場されちゃった彼女たちのダメージの大きさよ……って、私何様！　調子乗るな！　スパーンと心の中で自分に平手打ちをしておく。

「……言わなそうだなー」

戻ろ、と歩きだした柊くんについていきながら、首をかしげる。言わなさそう、ってなにを？

「ていうか、呼びだされたら俺に連絡するとかさ、ついていかないで欲しいくらいなんだけど」

それは無理でしょう。私がひとりになる瞬間を狙ってくる技量のある子たちが、そう易々《やすやす》とこちらの思いどおりに動いてくれるものか。

「柊くんは恋する乙女の狡猾《こうかつ》さをわかってないね」

「そーなんデス。俺は女子がなにを考えてるのか、わからないダメな奴なんです」

柊くんは天井を仰《あお》ぎながら、自嘲《じちょう》気味に言った。

「だから、なんかされたら言ってよ。俺のせいでひまりがいやな思いをするとか、考えただけで自分を殴りたくなる」

「柊くんのせいだったら、ちゃんと私が殴ってるよ」

ふざけた調子でファイティングポーズから繰りだした右ストレートは、虫も倒せない威力《いりょく》だったけど、それを二の腕に食らった柊くんは眉を下げ、微笑んだ。

「俺はひまりにモテればそれでいいなあ」

「そっ……それは、モテるって、言わない……」

不意打ちの発言にどぎまぎと腕を引っこめれば、ふはっ、て軽く吹きだされた。

機嫌、よくなったのかな。悪かったわけじゃないんだけど、自分を殴りたくなっちゃうくらいには不甲斐なさを感じていたっぽい。柊くんってそういうとこある。ひとりで落ち込んで、どうしようかなって考えて、心が浮上《ふじょう》できそうなことを試して、ひとりで立ち直る。

巻きこまれる私の身にもなって欲しいけど、そういうとこ、好き。

好きっていっても人としてね！　柊くんの長所としてね！　顔あっつ！

手で顔をあおぐのをやめ、感じていた視線の先をたどれば。

私の赤らむ頬をばっちり確認した柊くんは、うひひと歯を見せて笑った。

私は中学生の頃から、左耳のうしろで髪を束《たば》ねるのが定番のヘアスタイル。それは回数を重ねるごとにヘアゴムからシュシュに変わったり、編みこみを混ぜたりとバリエーションも増えたけれど、結ぶ位置だけは変わらない。

「う～ん？」

変わるか？　変わんないよな、この顔は。

鏡の前で結ぶ位置を逆にしたり、ハーフアップにしてみたり、前髪を上げてみたり。

多方向からチェックしたものの、どれもしっくりこない。

違和感《いわかん》しかないっていうか、逆に顔が膨張《ぼうちょう》して見えるっていうか……ちっともかわいくない。むしろブサイクってか！

「はあ……、もう」

朝からなにやってんだろ。

わしゃわしゃと髪を乱して、下ろした状態に戻す。鏡に映る自分はいつもどおりなのに、それがなおさら気に入らず、眉間《みけん》にしわを寄せていた。

やっぱり顔のつくりがさあ……いや普通なんだろうけど、普通すぎてさあ……。もうちょっと小顔で、目が大きくて、鼻筋通ってて、アゴもシャープだったらいいのに。そこまでいったら整形レベルですけども。

私にだって理想くらい、ある。

こんなふうになりたかったと、軽口を叩く程度の憧《あこが》れだとしても。

「もっとかわいく生まれたかったなあ」

言っても仕方ないことを口にして、苦笑をもらした。

「ひ～まちゃんっ」

朝食後、洗面所で歯磨《はみが》きを終えた私は、背後に現れた小動物を鏡越しに見つめる。

「なに？　ご機嫌だね」

「ふっふ～。おねえちゃん、ひまちゃんに聞きたいことあるんだけ、どっ」

歩み寄ってきた姉のふうちゃんは、最後の一歩をぴょんと跳ねるようにして私の隣にやってきた。

ひとつ上の姉は百五十センチ弱の身長で、それはもう子鹿みたいにくりっとした大きな瞳で、百五十七センチの私を上目づかいで見つめる。

「聞いても、い？」

ふうちゃんは軽く握った拳《こぶし》を口もとに添え、首をかしげた。この仕草は、たしか中学に入る前に計算によって身につけ、今では自然と発動するようになったものだ。恐ろしい。我が姉ながら恐ろしい。だけど見た目は極上《ごくじょう》にかわいい。

私が自分を地味だとか平凡だとか言えないのは、この姉が一因だったりする。育った環境が派手すぎた。高遠家の女は私を除いて全員見目麗《うるわ》しい。あと、ちょっと個性的で自我が強い。ふうちゃんに関して言えば、自分の容姿のよさを九十九・九九％自覚して有効活用することに全精力を注いでいる美少女ってところ。

今でこそ学校は違えど、小学校、中学校時代は大変だった。姉を目当てにした周囲からのごますりには辟易《へきえき》していたし、そのくせまったく似てないと嘲笑されるし、私が実は隠れ美少女とかそんなミラクルだって起こらなかったし、これからも断じてない。

そんな十六年間をすごせば、自分の容姿くらい把握《はあく》できるってもんですよ。

「ひまり？　なによー。ジッと見て」

「チークの色変えたんだね」

「わかる⁉　そうなの赤に変えたの！　ピンク飽きたからさー」

ヘンじゃないよね？と鏡をのぞきこんだふうちゃんの長い髪がなびく。ふわっと甘い香りが漂った。

「私に聞かなくてもわかってるでしょ」

「だって、ひまりは見る目あるっていうか。目ぇ肥えてるじゃん。だから似合うって言われると自信つくーっ」

ゆるく巻いたピンクブラウンの髪を両手で整えながら、ふうちゃんは鏡に向かって満開の笑顔を作る。私はその隣で、胸の上まで伸びた自分の髪に手櫛《てぐし》を通す。

ちらり。鏡越しにふうちゃんを見ると目が合った。

「違う、も～っ！　あたしがひまちゃんに聞きたいことあったんだってばー！」

小さな両手で私の腕をつかんできたふうちゃんが、再び上目をつかってくる。

ため息が出るほどのかわいさだ。まあため息の理由はもうひとつあるんだけど。

ふうちゃんが私を〝ひまちゃん〟と呼ぶ時は、わりとろくなことが起こらない。

「ひまちゃん、彼氏できた？」

予想外の問いかけにドライヤーを取りそこね、目を見開く。それに負けないほど大きな瞳が、きらきらと輝いて私の答を待っている。

「は、え……？」

「やっだあああ‼　その反応マジだ⁉　本当にできたんだ⁉」

キャーッ！とひとりで盛りあがるふうちゃんの両肩を、あわててわしづかみにする。

「ちょっと！　違うから！　ていうかなんで⁉　どうしてそんな話になるの⁉」

「やだやだ誰⁉　どんな子⁉　同じ学校の子⁉　見たぁーい！　写真ないの⁉　連れてきてよっ！」

「しーっ！　しーーーーっ！　声が大きい……！」

リビングにお母さんもお父さんもいるんだから！

「教えなさい！」と、ぐいぐい迫ってくるふうちゃんは妹の言うことは完全無視。しかし私も動揺しているため、うまく言い逃れられない。

ていうか話したくないから内緒《ないしょ》にしてたのに‼

「なーんだ。じゃあ、告白されたってだけ？」

今度は人差し指を頬に当てて、顔をのぞきこんでくるふうちゃんって本当に私と血がつながってるのかな。仕草に違和感がなさすぎて腹立たしい。

「あのね、告白されただけで私には大事件なの」

「えー。てっきり彼氏かと思ったのに、つまんなーい」

そりゃあ、数人から言い寄られるのが日常で、告白された回数も数え切れないふうちゃんからしたら、なにもおもしろくないでしょうけど。告白してきた人が問題なんだってば！　言わないけど！

「ねーねー。どんな子？　同い年？　バイト先の人とか？」

「……同じクラスの人」

「あーやっぱそうだよねー。写真は？　ないの？」

あったとしても、ニヤニヤしてる姉には見せません。

「ねー。あるでしょぉー？　ひまりなら絶対持ってる！　何年お姉ちゃんやってると思ってるの！」

「写真嫌いな人だから、一枚もない」

「なんでサラッとウソつくの⁉　ひどい！　ひまり、あたしに冷たい！」

泣いてやるんだから！と言わんばかりの潤《うる》んだ瞳を見せつけるふうちゃんの姿はあさましいんだか、したたかなんだか。私に効《き》くと思ってるなら大まちがいだ。何年妹やってると思ってるの。

黙々《もくもく》と編みこみをしてサイドに集めた髪を、小花柄のシュシュで結う。

「あたしだってひまりの彼氏見たい！　のけ者にしないで！」

「だから彼氏じゃ……、待って……ふうちゃん、見たいってなに？　私が電話してるのを盗み聞きしてたから疑ってたんでしょ？」

「人聞き悪いな！　まあ電話増えたなーとは思ってたけどぉー。ひまり彼氏できたの？って先に言いだしたの、お姉ちゃんだからね」

「……」

「駅で一緒にいるとこ見かけたんだってさー。送ってくれるなんて、いい子じゃーん。今度は家まで送ってもらえばいいのにぃ」

ニヤニヤ、ニヤニヤ。表情が腹立たしいのはこの際置いといて、ふうちゃんがお姉ちゃんと呼ぶ人は当然わが家の長女しかいない。

私たちは三姉妹で、その頂点に君臨《くんりん》する四つ上のお姉ちゃんは、すっごく綺麗で賢《かしこ》くて強くて。この姉〝その二〟みたいに茶々を入れてくるような人じゃないはずなのに。ふうちゃんに『ひまり彼氏できたの？』なんて話題を出すあたり、野次馬《やじうま》根性は持ちあわせていたらしい。

いやでも、さすがに両親にまでバレてるとは考えにくい。その辺の気遣いはできるお姉ちゃんだ。姉その二と違って。

ただ単に、末の妹はどんな人と付き合ってるのかって心配してくれたんだ。付き合ってないって言ってるのに根掘り葉掘り聞きだそうとする次女とは雲泥《うんでい》の差。

「ね、今度うちに連れてきてよ」

「……機会があればね」

「その時は紹介してよ!?　見たすぎるーって、ちょっとひまり！」

これ以上詮索《せんさく》されるのはごめんだと背を向けても、引き止められる。

「もー。なに？　私そろそろ出なきゃ、」

「メイクそれで終わりなの……？」

きた。絶対どこかのタイミングで言われると思っていた。

「告白されたのに？　しかも同じクラスなのに？　冗談でしょ⁉」

「冗談って……高一なんてこんなもんでしょっ」

「オシャレに年齢《ねんれい》なんて関係ない！　ひまりならもっとかわいくなるのに！」

眉を整え、ブラウンの細いアイラインをひくくらいでメイクを終える私に、ふうちゃんはああしろこうしろと言ってくる。ほとんど地肌の色に近い、ラメ入りのアイシャドウは塗っているけれど、ファンデーションやチークは苦手。

それに、告白されたからってはりきって着飾るなんて、そんなこと私がしたら、いい笑い者じゃんか。

「もう！　ほっといてってば！」

振りきるようにドアへ歩きだすと、追ってきたふうちゃんは「やだ！」とまだおせっかいをやく気らしい。

「ひまりの彼氏になる人は、ひまりが彼女で幸せだって毎日思わなきゃダメなの！

そのためには、ひまりが今よりもっとかわいくなる必要があるの！　ていうか磨けば光るって前から言ってるのにさあ！　ひまり、高遠家の女だってことわかってる⁉　ほら、手伝ってあげるから！」

「よけいなお世話だってば！　そもそも付き合うかもわかんないし……、ふうちゃんがしつこいってお姉ちゃんに言いつけるよ⁉」

これでしばらく黙るだろうと振り返ったら、ふうちゃんは『それだけはやめて！』と懇願《こんがん》するでもなく、きょとんと私の背後を見ていた。

勢いよく向き直ると、三分の一ほど開いていたドアの隙間から、見覚えのある洗濯物カゴが目に入った。

「……お、お母さ……」

お母さんがいた。毎朝、私が洗面所にいる間に洗濯物をカゴに入れて干しにいくはずのお母さんがいた。つまり、私たちの会話は聞かれていたということ。

じわじわと顔に熱が集まってきた私に、お母さんはどこか気恥ずかしそうに視線を泳がせてから、にこりと笑顔を向けてくる。

「お付き合いする予定なら連れてきていいのよ？」

「うわあああ、もうほっといてよーー‼」

この家に求ム、プライバシー権！

# Ⅲ 置き去りな気持ち

今まで生きてきて、私の全盛期は生まれた瞬間くらいだと思っていたけど、第二期があるなら今かもしれない。

告白されたことを家族にまで知られて以来、隙あらば『デートはしないの?』『名前はなんていうの?』と探られるようになった。

調べられるから絶対教えないけど、注目されるって、疲れる……。

ため息をこぼしながら到着した電車に乗りこむ。いつもどおり誰も座っていない四人掛けのシートに腰かけ、発車するのを待っていると眠たげな声で名前を呼ばれた。

ふらふらと向かいのシートに座ったのは、ふっくんだった。すごく眠そう。さっきめずらしく同じバスに乗ってると思ったけど、うたた寝してたもんな。

「おはよう。今日は一本早かったんだね」

「おー……今日はちょっとな。早く出た」

なんで? 柊くんと同じバスケ部のふっくんは、今日もトレードマークのキャップをかぶって、あくびをこぼしながら携帯画面をタップしている。

「朝練もないのに早く出るなんて、雪でも降りそう」

「俺の心はすでに吹雪《ふぶ》いてるっつーの」

意味はよくわからないものの、たぶん、心が寒いって言いたいんだと思う。

ふっくんとは地元が同じで、幼稚園から一緒。うちとけたのは中学一年生の後半だった。私の姉ふうちゃんに失恋したと思ったら、すぐに別の子を好きになったから協力して欲しいって、今まで何度相談に乗ってなぐさめたかわからない。

　まさか同じ高校に入学してクラスまで一緒になるなんて思わなかったけれど、いわゆる腐《くさ》れ縁《えん》ってやつだ。騒がしいから目立つタイプのふっくんでも、柊くんと比べると話していてもまったく緊張しないのはそういう理由。

「で～？　最近どうなんすか、メグとは」

「急だなぁ」

「まあ同じクラスの俺からしたら、毎日がハイハイいちゃいちゃしてんなごちそーさまって感じですけどぉ」

「ならわざわざ聞かなくても……」

「いちゃいちゃを否定しろよ！　ちくしょう！」

　せっかく聞き流してあげたのに蒸し返した本人が悔しがる、ヘンな図。

　ふっくんは彼女が欲しくてしょうがないみたいで、ことあるごとにつっかかってくるから受け流すのもひと苦労だったりする。

　家族といい同級生といい……なんだかなあ。

　小さくため息をつき、車窓の向こうへ視線を投げる。

「柊くんと、っていうか。送ってもらってるとこ家族に見られてて」

「え、いつ？　いつのまに一緒に帰っちゃってんの？」

「いつ、って。そりゃ……」

もごもごと歯切れ悪く答えれば、ふっくんは察してしまったようだ。とたんに顔からすっと表情が消え、ある意味とても正直だなあと思う。

この、他人の気持ちをかえりみない昔馴染《なじ》みのおかげで、私はなかなかの窮地《きゅうち》に立たされているわけだけど、悪気があったわけじゃないから、憎めない。

「あ〜ハイハイ。告白された日ですよね〜。俺の協力がなきゃ告白もかなわなかったあの日に、メグは女子を送るなんて紳士《しんし》なことまでしちゃってたんデスカ。ふ〜んへ〜。そうデスカ」

「うん。で、告白されたこと家族にバレた」

さわらぬ神に祟《たた》りなし。言葉の続きを言い切れば、「マジ⁉」とふっくんは驚く。なんとなく、その目は輝いた気がした。

「なにそれ、なにそれ。キッツいな〜。一回連れてこいとかうるさくね？」

「……まあ、お母さんよりふうちゃんのほうが騒いでるけど」

「うわー。バンビ先輩かーっ！　あんなめんこい彼女できたら親にも見せたくねー。減るわ、かわいさが。いやでも、かわいい彼女は自慢してぇよなー」

「……」

「つーか、じゃあメグのこと家に呼ぶのか？　あのバンビ先輩が待機してんのに？　やめてやれよー、親に会うってだけでも緊張するってー」

さっきから経験済みかのように言ってるけど、ふっくん彼女いたことないよね。

「いいかひまり、初訪問で親父在宅中なんて絶対ダメだぞ。一気にハードル高くなるからな。部屋に通されても落ち着けねーよ」

たとえ呼ぶことになっても、お父さんがいる時なんて絶対避《さ》けるけども。

「ふっくんって女子の家に遊びにいったことあるんだね」

「……あるし……バカにすんなよ……」

「高校生になってからだよ？」

「うるせー‼　部活で忙しいんだ俺はっ！」

まさか幼稚園の頃をカウントしたわけじゃないよね？　まさかね。

「なんだその目はっ」

「バスケ部って大変なんだなあと思って」

「それは『同じバスケ部のメグと小鷹はモテまくってるんだから部活関係なくね？

プッ……ウケる。かわいそー』っていう、遠まわしのイヤミか？」

「ちょっと笑わせないでよ」

「笑わせようと思って言ったんじゃねーよ！」

だって妙に女声の演技がうまいんだもの。

ゆっくり電車が停まり、駅名を確認して立ちあがる。

「はーあ。メグの奴も俺を邪魔《じゃま》者扱いするしよぉ。おまえらもっと俺に感謝してもよくね？」

改札口に向かいながら、ふっくんはまだブツブツ言ってる。

「俺、おまえらのキューピッドよ？　ふたりを引きあわせたの、俺だべ？」

「そのこと、いつまで引っぱるの？」

「いつまでも言ってやるわ！　もっと感謝しろよぉー……遠慮せずに誰か紹介しろよぉー」

遠慮は微塵《みじん》もしてないけど、この話題は困るんだよなあ……。

柊くんに告白された時、教室でふたりきりになったのは、直前まで私と一緒にいたふっくんが画策《かくさく》したからだと本人から聞いている。つまり協力してもらっていたのは柊くんであって、私じゃない。

ぜひふっくんに紹介したいって女の子もいないし。そもそも私と柊くん、付き合ってるわけじゃ、ないし。

「一時間目って情報だっけ？　楽だよね」

「なぜ話題を逸らす。俺に彼女はできちゃダメなわけ？　こんなに欲しがってるのに？　イコール俺の彼女になったら愛されるの方程式が成り立つのに⁉」

「成り立たないからフラれるんじゃない？」

「なんだと⁉」

そんなことを話しながら駅構内を出ると、食ってかかるふっくんの先に、柊くんがいた。自転車にまたがったまま「おはよー」と笑いかけてくる柊くんの姿に、驚きから後ずさってしまう。

「えっ⁉　お、おはよう！　なんで⁉」

とまどう私にぱちくりと瞬きを繰り返した柊くんは、口もとにゆるやかな弧を描く。

「ビックリさせようと思って」

「あ、そう、なの……？」

なにゆえ？　柊くんに告白されただけでも、かつてないほどビックリしましたけど。

あ、これっていわゆる恋愛につきものなサプライズってやつ？　相手をどきどきさせるために仕掛けるハニートラップ的な？　あれ、ハニートラップの使い方まちがってる？

「ビックリした？」

そりゃあもう！　何度もうなずけば、きらきらまぶしい笑顔。

うわあ。朝からそんな笑顔を向けられてうれしいけど。うれしいんだけど！　いるって知ってたら、朝ちゃんと鏡を見てから来たのに！

ささっと前髪を整える。すると柊くんが、

「乗る？　歩く？」

なんて、すぐには決められない選択肢を並べた。

乗るってうしろにってことだよね？　ていうか、これ一緒に登校しようってことだよね!?　なにこのサプライズ……！

「え、と、どうしよう。迷う……」

「じゃあ俺がうしろに乗るっ！」

ふっくんが乗ったら突き飛ばす。

「おまえには得意のほふく前進があるだろ」

「得意じゃねーから！　遅刻するわ！」

「ならチャリ貸してやる。乗ってけ」

「おい待て。さりげなく邪魔者扱いしてねーか」

「さんざん自分はキューピッドだって言いふらしてんだから、そのポジションつらぬけよ」

「つけこみやがってこのやろう！　サボったりしたら先生に告げ口してやるからな!!」

あれよあれよという間に、ふっくんは柊くんの自転車に乗って走り去っていく。

「捨てゼリフからにじみでる、福嗣がモテない理由」

思わず吹きだしちゃったけど、ふっくんの捨てゼリフはたしかにかっこわるかった。

「おもしろい奴なんだけどなー。なにかが惜しいよな」

それ中学の時も言われてたな。

ものすごい速さでペダルをこいでいくふっくんを見送ったあと、視界に入ってきた柊くんにどきりとする。

「ごめん、勝手に徒歩にして」

「……本当に悪いと思ってる？」

あやまる柊くんに疑いのまなざしを向けるも、その顔はほころんでいた。

「思ってない。こうやって一緒に学校行くの、初めてじゃん」

うれしそう、だなあ……。

学校まで自転車で十分程度の柊くんと違って、私はバスと電車を乗り継《つ》いで一時間弱かかるから、朝はめったに会わないよねって話したことはあった。

しょうがないと私が片づけたことを、柊くんは目の前に広げたまま、ずっと考えていてくれたりしたのかな。どうしたら朝、会えるのか。一緒に登校できるのか。

ふたを開けてみたら、実はこんなに簡単なことだった。

柊くんを見ていたら、またじわじわと顔が赤くなってしまいそうで、道を指さす。

「行こ、っか」

「ん」と、うなずいた柊くんだけれど、私が半歩進んでも動かなかった。

「……柊くん？」

なぜか、じっと見つめられている。そのうち唇を結んで、あちらこちらへ視線を向けはじめたと思ったら、「あー」とか「えーと」と言いながら首もとを押さえている。

――これ、って、もしや。なんとなく見覚えのある様子から反射的にうつむいたら、視界に手のひらが現れた。

「手をつなぐのは、なしですか」

その瞬間どきん、とあまりに大きく胸が高鳴るから、心臓が破裂するのかと思った。

こういう時、なんでか敬語になる柊くん。

見なくてもわかる。絶対、顔を赤くしてる。私に告白してくれた時と、同じように。

……簡単なことじゃない。

柊くん、バスケ部の朝練がない日はいつも遅刻ギリギリなのに。私が降りる学校の最寄《もよ》り駅だって、自転車通学の柊くんの登校コースから外れているのに。

付き合っているならまだしも……ビックリさせたかった、って。柊くんが私を駅で待っていてくれたことは、簡単にできることじゃない。

柊くんの一挙一動からダイレクトに想いが伝わってきて、胸がぎゅうぎゅう締めつけられる。

差しだされたままの手を取りたいって思う。柊くんの提案に全部ＹＥＳで答えてみたいって思う。でも、でも……ほかの生徒もいるなかで、付き合ってもいないのに、手をつなぐなんて……！

「ごめん、早まった！」

下ろしていた目線をそろりと上げる。

「なしだよな！　ごめん、調子乗ったわっ」

がしがしと頭をかく柊くんは「あ～、なにやってんだ俺」とぼやき、後悔しているようだった。だけど気まずい素振りなんか見せずに、再びしゃんとして向きあってくれるんだ。私なんかよりずっと早く、たくましく。

だから……ね、柊くん。私、実はちょっとだけ、置いてきぼりな気分なんです。

「行こ。遅刻したらヤバいしっ」

今度は先に一歩進んだ柊くんの笑顔に、「うん」と返した。

隣は歩けそうにない。そう、ひそかに感じながら。

――気づいたら、目で追うようになっていた。

相手は校内一、二を争うほどの有名人。恋愛感情がなくたって、かっこよければ騒ぐし、笑顔が見られたら得した気分になれるし。見かけたら、声はかけられない代わりに目で追っちゃう——私はそんな、その他大勢のひとりだった。

同じクラスな分だけ、ほかの子たちよりも接点はあったんだろうけど……それ以上でも以下でもなかった。

普通に話せるのも、連絡先を知っているのも、クラスメイトだから。私だけが特別なわけじゃなかった。いつも柊くんを囲む、明るくてかわいい子たちのほうがよっぽど特別に見えていたし、実際たくさんの子がうらやんでいた。

だから私は挨拶されたって、ノートを貸したって、メールが届いたって、勘違いしないように、意識しないようにって。

そう思いながらも目で追ってしまって、そしたら目が合う回数が増えていって……。逸らせばいいのに微笑みかけてくれるようになった柊くんのことを、奇跡のように優しい人だなんて思ってみたり。主役級の人はやっぱり違うなって感心すらしていた、あの頃。

もしかしたら柊くんは私のことが好きなのかもしれない、って考えたことくらいはある。そのたび自意識《じいしき》過剰《かじょう》かよ！って簡単にうぬぼれる自分に身もだえしていた。

だけど、そんな必要なかったんだと知ったのは、ある日の放課後。

今でこそふっくんに画策されていたんだと知っているけど、たまたま、教室にふたりきりになって。柊くんはちょっと落ち着かない様子で。いつもより口数が少なくて。どきどきした。どうしたんだろうって不安を感じる以上に、途切れ途切れに言葉を並べていく柊くんの緊張が伝わってきて、どきどきした。

『俺の彼女になってくれませんか』

モテる柊くんは、こんなふうに告白する男の子なんだなあって。最初はまるで他人事のように感じて。数秒遅れで告白されたのが自分だってことに気づいてぶったまげたけど。

それは、柊くんのような人が私なんかを好きになって告白までしてきた⁉っていう驚きだけじゃなく。私、浮かれててよかったんだ、って。思いこみじゃなかったんだ、って。空想で終わるはずだったものが現実に起こったことにも心底ビックリした。

それでも柊くんが私を好きになったきっかけはまるで思い当たらなかったから、つい聞いてしまった。

なんてことない、本当に取り立てて言うほどのことでもない、きっかけを。

『しょーもないだろ?』って照れくさそうに笑った柊くんに、私は――。

「暗いんだけど。なんかひまりの周りだけジメジメしてる。キノコ栽培《さいばい》できそう」

はあーっとため息をこぼした私は、前の席に座った咲へ冗談を返す気力もない。

「なに、どーした？　どうせメグのことだろうけど、聞いてあげなくもないよ」

「……今朝、一緒に登校したんだけど」

「あー。ぴーちくぱーちく取り巻きが騒いでたかも」

うっ……いちばん知りたくなかった情報！

「メグ、わざわざ待ってたんでしょ？　やるわー。で、なんでひまりは落ちてるの」

私の机をはさんで、横向きに座る咲はまつげのカール具合を鏡で確認している。

「手を……つなぎたい、みたいなこと言われたんだけど……つなげなくて」

人の目も気になったし、うしろめたい気持ちもあった。でもなにより、そんなことばかり気にして、私もつないでみたいって思っていたのに、その気持ちを無視した自分自身に落ち込んでいる。

私、どうしたいんだろう……。

返事を保留にしたまま、一週間以上。気まずくなったりすることもなく、柊くんは以前とさほど変わらず接してくれている。さほど、っていうのは柊くんの言動から感じる好意が、目に見えて増しているから。

きっと私は、反応を見られている。

柊くんは押したり引いたり、試行錯誤《しこうさくご》しているように見える。

私に、彼女になって欲しいから……とか、もう、もう！　ウソだって思うのに現実だってわかってるからツライ！　この矛盾ツライ！

「私がもっと天然で鈍感だったらよかったのに……！」

「そんなひまり、メグは好きにならないと思いま～す。咲だっていやだし。てかまだ一週間じゃん。ひまりがなにを見極めたいかはわかんないけど、自分の気持ちを確認するための保留期間でもあるんじゃないの？　メグだって了承してんだしさー、好きなようにすれば？」

そう、かな……でも、好きなようにって、

「本当にそれでいいのかな……」

普通にしゃべって、学園祭まで回る約束をして、柊くんを喜ばせちゃってる自覚がある。……脈ありだって、思わせちゃってるかな。

なにをされても言われてもうれしいのに、いつも、罪悪感《ざいあくかん》みたいなものを感じる。

「なんで保留にしちゃったんだろう……」

「だからさあーっ！」

いいかげん飽きた！と言わんばかりに天井を仰いだ咲に、うぐ、と口をつぐむ。

「べっつにいいじゃん！　こっちにだって考える権利あるっての！」

「ちょ、声！　声が大きい！」

「あーハイハイ。ていうか誰に遠慮してんの？　メグ？　取り巻き？　向こうだって好き勝手やってんだから、遠慮とか時間のムダ！」

相変わらず思ったことをズバッと言うよなあ……。

「むしろ咲的に、即フラれなくてよかったじゃんっていうか、いくらスペック高いメグだからって、なんでも思いどおりになると思うな？って感じだしぃ」

「……咲は、断ると思った？」

手鏡でメイクを確認していた咲は、私と顔を見合わせると、ななめ上に首をかしげた。

「いや、どうかな。どっちにしても驚きはしないかも」

「つ、付き合っても？」

「うん。だってひまり、メグのこと好きじゃん。嫌いじゃないって意味で」

しばらく黙ってから、小さくうなずいた。それを確認した咲は、再び手鏡をのぞきこむ。

「嫌いじゃない人に告られたら悩むでしょ。それなりに興味持ってんだしさあ。ま、ひまりにとっては告ってきた相手が凡人《ぼんじん》じゃないってのが、悩みの種か」

ちらっと、廊下ではしゃぐ柊くんを盗み見る。

私が答を出せないままでいるのは、柊くんのせいでもある、のかなあ……。

告白してくれた人が柊くんみたいな人気者じゃなければ、私は知らない人にまで名前を覚えられることはなかったし、呼びだされたり、頭を抱えることばかり、なんてこともなかったはず。

柊くんに好かれて、告白までされて、当然だって誇らしげに思える子だったら、また違ったのかな。

私はいっつも、どきまぎさせられて、ペースを乱されて。まるで柊くんが進行方向を決めている船に揺られて流されているだけみたい。

だまされてるのかもって疑ってるわけでもないのに、考えると疑問符ばかり頭に浮かぶんだ。柊くんが私を好きになるきっかけは、本人が『しょーもないだろ?』って言うくらいだから、好きって気持ちも、しょーもないレベルなんじゃないかって。ということは付き合っても、うまくいかないんじゃないの?とか。

ふとした瞬間に、考えこんでしまう。

「……柊くんはこんなこと考えないだろうなあ」

ぽつりともらした言葉を咲は拾ったようで、唐突に笑いだした。

「モテ人生を歩んできた奴が?　ないない!　むしろこの期間も楽しんでるようにしか見えないし!　てか不安がってたりしたら、福嗣あたりがブチ切れるわ」

「荒ぶるふっくんはすごい想像つく……」

ひとしきり笑った咲は、メイクの出来に満足したのか手鏡をしまい、奮発《ふんぱつ》したという新色のグロスについて熱弁をふるいはじめた。

私は上の空で聞きながら、今朝のことを思い返す。

やっぱり咲から見ても、柊くんは不安を感じてる様子じゃないのか。

朝のことといい、なにかと積極的だもんなあ……。

でも、なにかを起こそうとする時の柊くんから感じるのは、不安じゃなくて緊張だったりする。それがあるのとないのじゃ、きっとすごく印象が変わると思う。

人懐こい柊くんの、ときたま出てくる敬語が好き。

緊張してるのが伝わる。不慣れなことがわかる。私のどこにそんなことをさせる要素があるのか。推《お》し量《はか》れないけど、だからこそ応えてみたい。向きあって、知っていきたい。柊くん自身のこと。柊くんが好きになってくれた、私のこと。ふたりの、未来。

受け身でい続けちゃダメだ。

だからきっと流されて、置いてきぼりをくらっているような気持ちになるんだ。

……じゃあ、私がすべきことは、なんだろう？

「咲が知るわけないじゃーん」

翌日、思い悩んだ末の寝不足顔で相談してみたのに、本日も咲は朝から鏡とにらめっこ。マスカラ何本持ってるんだ。

「てか、ひまりがなにしてもメグはうれしいよ。たぶん」

「たぶんて！」

「だって咲は咲でしかないしぃ。だから置き換えて考えてみたよ？　咲が先輩に家まで送ってもらえたら〜って……ヤバい超興奮する」

いや私、柊くんを家まで送るなんて言ってないけど……。

最近、ひとつ上の先輩にご執心な咲は、どうすればお近づきになれるかで頭がいっぱいだ。私が絞りに絞った〝柊くんと自分のためにすべきこと〟なんてすぐ追いだされる。めげませんけどね！

「お返しに、朝待ってみるのがいいかなって思ったの」

「咲も先輩のこと待ってみようかなあ。学年違うとめったに会わないし」

「でもどこで待てばいいの!?って。校門が無難かと思ったけど、すぐ教室だし、まず視線が痛いでしょ!?」

「近くのコンビニで待ち合わせでもいいじゃん。お菓子買ってさ〜、一緒に昼ごはん食べる約束してみたり？」

「それも考えたけど休日バージョンも考えたの。試合の応援とか！　でもギャラリーが多いらしくてっ」

「あー。咲そこは関係ないわ。先輩、帰宅部だし」

「だから帰りを待ってみるっていうのはどうかな！」

――ざわっ、と。教室内が突如《とつじょ》ざわめきに包まれる。

聞かれた⁉　あわてて口を押さえたけれど、それは勘違いで、ざわめきのもとに目をやれば、柊くんが登校してきたところだった。

え……なにあの、痣《あざ》。

「メグどうしたの⁉　その傷っ！」

「ケンカ⁉　大丈夫ー⁉」

腰をあげかけた私を止める、クラスメイトの驚愕《きょうがく》の叫び。

「めっずらしーな！　顧問に怒られなかったのかよ」

クラスメイトの視線も話題も一気にさらった柊くんは、かけられる言葉の数々に苦笑して答えている。

「ケンカだけど相手、弟だからっ」

「メグって弟いたの⁉　似てる？　見たーいっ」

「おまえらんとこ、兄弟仲悪いよなー」

「もーすっげえ生意気！　反抗期でさぁ。親とも仲悪くて参るわー」

「何個下なのー？」

終わりそうにない柊くんとクラスメイトの会話に、私は深くイスへ座り直した。すると咲が、

「なんこしたなのー？」

と、クラスメイトのマネをして聞いてくる。

「えっと、ふたつ？　中二だって」

「ふーん。で、行かなくていいの？」

「いやあ……原因はわかったし」

わざわざ大人数が集まる場所に割りこむのもね。気が引けるし。うん。

「なーにー？　まさかふてくされてんの？　気になるなら、どうしたのって聞きにいけばいいじゃん」

どうしたの……か。いちばんに聞くのはほかの誰かで、私はいつも最後。

「べつにふてくされてはいないけど」

こういう時、クラスの中では外野感が強いよなあって思う。ちょっぴり柊くんが遠くなるっていうか。周りも私を意識しているようで、していない時のほうが多い。

私は最初から『高遠陽鞠って誰!?』という騒ぎを経て、やっと存在を認識されるようなモブだから仕方ないんですけれども。

「まあこればっかりは、ひまりがなろうがなるまいが、メグの彼女の宿命だよねー」

「宿命、とは」

「努力しないと一緒にすごせるはずの時間は削られる一方ってこと」

自身の背後を指さす咲の向こうには、温度も色も違う世界。

これが柊くんの彼女になる大変さ。そこへ飛びこむ勇気が、私には……ない。


「だから私はダメなんだ……!!」

緊張しすぎな自分に活《かつ》を入れてみたけれど、別段効果があるわけもなく。むしろ、運悪く校門から出てきた生徒に不審《ふしん》がられ、ヒィ消えたい！とうずくまる始末。

ああ、緊張しすぎて口から心臓出そう。こんばんは心臓。

午後六時十七分。ぽつぽつと部活動を終えた生徒が出てくる校門前で、柊くんを待っている。どくっ、どくっ、と心臓が激しく脈打ち、身体はこわばって逃げだすこともできなくなっていた。

いやもう、ここまできたら待つけど……反応が怖すぎる。

柊くんも、私が来る前はこんな気持ちだったのかな。私が駅から出てきても、おはようって笑顔を見せてくれたし、まったく想像つかない。この前のお返し、って。帰りを待ってる私を見つけたら、柊くんはどんな反応をするんだろう。

うう……っ考えるだけで冷や汗が……！

「ひまりか？」

人、人、人。地面を黙々となぞっていた私に声をかけてきたのは、

「小鷹くん――と、ふ、ふっくん……？」

柊くんと同じバスケ部のふたりだった。けれどふっくんの様子が明らかにおかしい。なにか憑《つ》いてるんじゃないかってくらい生気のない顔色をしている。もはや悪霊そのものに思える。

「メグ待ちか？」

バレてーら！　そりゃそうか！　いつも一緒にいるもんね！

クラスメイトでもある小鷹くんは長めの黒髪をかきあげながら腕時計を見る。

「あと四分ほどで来ると思うぞ」

「そ、そっか。ありがとう。……えと、なんかあったの？」

「ああ、こいつか」

小鷹くんは立ちあがった私の視線をたどり、渋い顔をする。

「フラれたんだよ」

「えっ⁉　好きな子いたっけ⁉」

女の子紹介してって、この前言ってたのに。

肩をだらりと下げるふっくんは遠くを見つめ、引きつった微笑みを浮かべた。

「バッカおまえ……恋に落ちたら俺は狩人なんだよ……」

そして恋に破れて悪霊になっちゃうパターンだコレ。惚《ほ》れてすぐ告白して玉砕《ぎょくさい》したんだ。前にもあった。

「変わんないねえ……。誰をいつ好きになったの？」

「バスケ部マネ……二時間前」

二時間前⁉　部活中⁉　えっ、告白するの早くない⁉

「それは、えっと、がっつきすぎだと思う」

「なぐさめろよおお‼　傷心の俺を少しくらい誰かいたわれよおおおお‼」

うわあ涙目だ。傷口に塩を塗るようなことをさんざん言われたんだろうな。小鷹くんが今にも目から冷凍ビーム出しそう。

「でも俺、あきらめねーから……！」

「は？　あきらめろよ」

「なんでだよ、そこ応援しろよ」

「このやりとり含めて時間のムダだろうが」

「なんだとこの時短マニア野郎！　優しさもって生まれ変わってこい！」

「フラれた分だけ惚れっぽい奴をなぐさめる時間は、一分が限界だ。イライラする」

「小鷹こそマイ！　ワースト！　フレンドッ！」

なんだかなあ。どっちもどっちだなあ。

ふっくんを無視することにした小鷹くんが腕時計を確認したので、私も校舎のほうを見やる。

うわー！　来た！　来てしまった！

ふたりと話してほぐれていた緊張が、再びやってくる。自転車を引く柊くんは隣を歩く女の先輩と話していて、私たちにはまだ気づいていない様子。

「メ、メグの野郎……！」

悔しそうにふっくんがつぶやいたということは、あの先輩こそ、ふっくんの告白を断ったばかりのバスケ部マネージャーだろう。薄暗くてよくは見えないけれど、肩の下まである茶髪をハーフアップにしている。あの髪型には見覚えがある。二年生で、たぶん、男バスマネジのなかでいちばん人気のある、かわいい人。

そんな人と並んでも違和感ないのが、柊くんだよなあ……。

「おつかれー。まだ帰ってなかったんだ」

気づいた先輩がおもに小鷹くんへ向けて言う。柊くんは私を見つけて目を丸くさせたから、とっさにうつむいてしまった。

「もう帰るところですよ。電車来るまでまだ時間あったんで。じゃあなメグ」

「え？　あ、おう。わりぃ小鷹、ありがとなっ」

「なぜ俺を置いていく⁉　メグてめぇ覚えてろよっ！」

「はあ？」と柊くんがいぶかしむのもおかまいなしに、ふっくんはさっさと歩きだした小鷹くんを追いかける。

「待って！　あたしもっ……や、えっと」

勢いよく振り返ったふっくんの期待にまみれた表情にギクリとした先輩は、きょろきょろと視線を泳がせ、

「じゃ、じゃあ、あたしも先に帰るね。おつかれ！」

「おつかれっす」

と、私にもぺこりと会釈《えしゃく》してから、あわただしく「混ぜてー」とふたりの背中に駆け寄っていった。

なんだかバタバタさせちゃったかな。柊くんも『なんだったんだ？』という顔をしている。その横顔を見ながら、きゅっと拳を握る。

「ふっくん、フラれたらしいよ」

「は⁉　アイツ好きな奴いたの⁉」

「二時間前から」

「二時っ……ああ、うん、なるほど……」

思い当たる節《ふし》があったのか、柊くんは先ほどまでの事態を飲みこめたようで。

「ていうかなんでひまりが？　すげービックリしたんだけどっ」

と、急に私の正面へ向き直ってくれた。その表情からはたしかに驚きも感じられたけど、瞳の奥がきらきらして見えた。

私、待っててもよかったんだ……。ビックリしてくれたなら大成功。でも、笑顔までもらっちゃうと、照れくさくなる。

「この前の、お返しっていうか？　柊くんは登校前、待っててくれたから。私が部活終わりに待ってたら驚くかなーって」

へへ、と笑って恥ずかしさをごまかす。だけど柊くんはなんとも形容しがたい表情を浮かべ、うなだれた。

「……引くかも」

「えっ⁉　ご、ごめん！　待ちぶせとかキモかった⁉」

「そうじゃなくて！　ひまりが俺にだよっ」

私が柊くんに幻滅《げんめつ》するかもって？　なにがどうなったらそんな話になるの？

もの問いたげに見つめると柊くんは目を逸らし、「だからさー」と、もごもご話しはじめる。

「ひとりで待ってるなんて退屈《たいくつ》だったろ？とか。暗くなってきたら危ないじゃん、とか。待ってなくていいのにって感じのこと言ったほうがさ、かっこいいかもだけど」

自転車のハンドルをつかんでいた柊くんが、左手の甲で顔を隠した。

「うれしすぎてヤバい。引くよな、ごめん」

……ヤバい、とは。その隠しきれてない、赤くなった顔のことでしょうか。

「でも、また、待っててくれると……いや、できればでいいんだけど……あー……なに言ってんだ俺は」

柊くん小劇場。告白の時も、こんな感じだった。すらすら言葉が出てこなくて、それが恥ずかしいのかよけいにどもっちゃってて。私にも緊張が移って、しばらくお互い無言だったよね。

「柊くん、かわいい」

「……なにそれ。うれしくないよ」

「じゃあもう待っててあげない」

うはあ爆弾発言。私のくせに上から目線！　調子乗った！　でも平気。だって柊くんは「えぇー……」ってうなだれて、迷ってくれるから。

男子ってかわいいって言われるの、そんなにうれしくないのかな？

顔を上げた柊くんの頬はまだ、ほんのりピンク色。私の発言に納得はしていないようだけど、ぽん、と自転車の荷台を叩いた。

「次も乗せるから、待っててよ」

次、とは。私がまた部活終わりの柊くんを待っていれば、憧れのふたり乗りがいつでもできちゃう、ということでしょうか。……なにそれずるい。形勢逆転。柊くん有利。かわいいって言っちゃダメなら待っててあげない発言した私が、待っててくれなきゃ乗せてあげない発言をされてしまった。

「なんか悔しい」

カバンのヒモを両肩にかけながら荷台に近寄ると、

「あれ、もう終わり？」

柊くんは再び私の反撃を危惧《きぐ》していたかのように言う。乗せてくれないなら、って一応考えてはみたけれど、言うのはやめた。

「だって乗りたいもん」

荷台へ腰かける。サドルは私の腰よりわずかに高い位置で、柊くんが座るのを待っている。

ちょっとどきどき。ウソ。かなりどきどきしてる。

「ひまりは素直だよね」

「……それは柊くんのほうだ、と」

まだ座らない柊くんを見上げれば、目と鼻の先に端整《たんせい》な顔が迫っていた。

「う、ひゃあ⁉」

ビックリして思いきりのけぞったら、荷台から落ちそうになった。

ぐん、と腕が引っぱられて、気づいた時には柊くんの腕の中。なんだこれ。なんだこれ……！　なにが起きたの⁉

「ごっ、ごめ……」

そっと身体を起こす。顔が上げられない。どうしてこんなことになったのかもわからないのに、どう対処《たいしょ》するのが正解かなんてわかるはずない。

もしかして、本当、もしかして、だけど……。私、キスされそうになっ、た……？

ぶわわ、と顔が赤くなる。

まさかそんなバカな。ありえないでしょタイミング的におかしいでしょ！　きっと顔になんかついてたんだ！　おかしいな、鏡は何回もチェックしたんだけど！　いや理由はどうであれ、するわけがない！

「しないよ」

ですよねー！　自意識過剰ですみません‼　って……え。心の声もれてた⁉

痛いくらいの勢いで、口を手のひらで押さえる。と同時に柊くんへ目をやると、怖いくらい静かに、綺麗な笑みをたたえていた。

緊張も、動揺も見えないその微笑みは、私の呼吸を止める。

「っ」

柊くんの手が、前髪にふれる。一度髪をすかれただけなのに、私の頬はまた熱くなってしまう。

「しないよ。まだ」

男の子の表情から、誰もが知るメグの友好的な顔つきになった柊くんは、「なんちゃって」と笑ってからサドルにまたがった。

私の鼓動はどくどくと自分でもわかるくらい速く大きくなって、身体中に響くよう。

……ずるい。また、そうやって、ひとり先に行く。

私、これでもがんばったのに。ないなら振りしぼれ勇気！って、心して柊くんを待っていたのに……。私のいいところは、素直なところらしいのに。

背中越しに「行くよー」と何事もなかったかのように声をかけられたら、やっぱり置いてきぼりにされたみたいで、素直に柊くんへ手を伸ばせない。

「イテ。ははっ」

背中に頭突きをしても、笑われるだけ。たまにかわいい柊くんでも、なんだかんだ余裕があるのが柊くんなんだ。

「落ちるなよ」

そう言われ、腰あたりのワイシャツを控えめにつかむ。広くて、少し熱を帯びた背中が張りつめた次の瞬間、ぐん、と自転車が前へと進んだ。

いつもと同じ通学路の景色が、今日はぐんぐんうしろへ流れていく。登校時がゆるやかな上り坂なら、下校時はゆるやかな下り坂。あっという間に駅に着いちゃうんだろうな。

このまま、なにも残せずに。

「ひまりさー、土曜なんか予定あるー？　なかったら遊ぼーっ」

風を切る音に混ざって、柊くんのお誘いが耳に届く。お誘いまでスムーズときた。

悔しいな……。置いていかないでよ。

とくとく鳴る柊くんの心音に耳を澄ませていた私は、右手を柊くんの腰に回し直した。先ほどよりもピッタリと密着した身体の半分と、頬。こくりとうなずいた私のそれが、返事だった。

柊くんは私にくっつかれて、どきどきしたりするのかな。

なんて考えたあとに、私のほうがよっぽどどきどきしてるんだろうなと思う。

……ファンデーション、塗ってなくてよかった。

# Ⅳ　満たされる時間

土曜日を迎える今日まで、私が飽きるほどチェックしたTOP《トップ》三は天気予報と目覚ましと、鏡の中の自分。無事に晴れ、寝坊することなく待ち合わせ場所に来た。

柊くんと初めて外で遊ぶ。しかもふたりきり。いったいなにをして遊べばいいのか悩んでいた私に柊くんが提案したのは、それぞれが行きたいところへ交互に行ってみようっていうプランだった。

映画館とか遊園地とか、ひとつのスポットじゃなくて、街を散策するってことかと思ったから、結構ラフな服で来てしまった。

クラッシュの入った白いショートパンツにライトブルーのデニムシャツはお気に入りだけど、ハイカットスニーカーに小さめリュックはミスったかもしれない。

きょろきょろと、目の前を通る何組ものカップル——おもに彼女側の服装と自分の服装を比べるたび、不安が募《つの》っていく。

私、カジュアルすぎじゃない？　せめてインヒールのスニーカーとか、ブーツとか……いやもう遅い！　あとの祭りだ！　メガネ⁉　この伊達《だて》メガネをとるべき⁉

メガネを外してみたりかけ直してみたりを繰り返すも、ガラスに映った自分の姿にはかわいいのカの字も思い浮かばない。

変わらねー！　メガネかけてもかけなくても私でしかないのが逆にすごい‼

おとなしく来たままの姿で、駅構内の出入り口付近で柊くんを待つ。

ダサいとか地味とか、思われないといいなあ……。

考えだしてもキリがないので、そう気持ちの落としどころを決めた時。

「ひまりーっ」

びくりと身体が跳ねる。

「あ、お、おまたせっ」

「へ？」

まちがったー‼

小走りで目の前にやってきた柊くんは不思議そうな顔をしてから、くしゃりと笑う。

「俺のセリフとるなよっ」

うわあ、もう、なんだこの人……！

くつくつと笑う柊くんの私服は、やっぱりかっこいい。カーキ色のMA－1に、白いオーバーサイズのTシャツ。黒のスキニーパンツにバブーシュ。ふっくんが撮った写真で何度か私服姿を見たことはあったけど、生で全身見るといっそうかっこいい。

これがメグ系ってやつか！　たしかに男子高校生にしては大人っぽいかもしれない。

たぶん、ていうか絶対、秋を先取りしてるよね。私まだ夏っぽいよ、ごめんなさい‼

「あ。やっぱ今日、髪型も違う。すげー」

申し訳なさから顔をそむけたら、気づかれた。

いつもは編みこみをしたり、ねじったりしてサイドで結んでいるだけなんだけど、今日はさらにエアリー感たっぷりなお団子にしてみた。シニヨンっていうらしい。

「そういうのもいいね。服と合っててかわいい」

とん、と自分の目もとを指した柊くんをレンズ越しでも直視できず、

「あ、ありがとう……」

柊くんもかっこいいよ、とは、とてもじゃないけど言えなかった。

「柊くんもなにか書いてくれればいいのに……」

「書いたよ。日付と場所」

そういうんじゃなくてさー……。いいけど、いいんだけど。印刷が終わるのを待つ私の心拍数よ。

九月中旬にしては涼しい土曜日の午後二時過ぎ。ターミナル駅で落ちあったあと、柊くんの希望でゲームセンターに来た。

『プリクラ撮りたい！』って言われた時は、女子か！って思ったけど、今日はそういうプランだから断ることもできないまま、せまい箱の中で必死に笑った。訂正。必死にかわいく写ろうとした。

今はもう、現代の技術を信じるしかない。

「ていうか、ひまりが全部書けばいいのに。女子ってそういうの得意だろ？」

「ひとりで全部は無理だよっ。咲と撮ってもわけるんだから」

それにいくら撮り慣れていても、柊くんと撮るのは緊張するよ。初めてだもん。なんて書こう、って。引かれないかな、って。すごく迷いながら書いたんだから。

私も無難に日付とか、ゲーセン来たとか、書いたけど……すでにハートのスタンプ押したことを後悔してるし。いや、それは柊くんがわざとかっこつけて、私が背後で『きゃあイケメン』みたいな顔したネタ撮りショットだからマシだけども。

キラキラスタンプの数だけ浮かれてる証拠に見られたらどうしよう。恥ずか死ぬ。

「ん。出てきた」

カコンと音を立てて出てきたふたり分のプリクラを柊くんが取りだし、それを眺めながら一枚を私に手渡してくれる。

最初からわかれてるのは楽だけど、すぐさま見られるのがなあ……。友達と撮る時はなんとも思わないのに。

「こういうこと書けばいいんだ」

「……」

「男子ってプリ交換とかしないから……へー」

その反応はどっち？　セーフ？　私、しくじってない？

「……しなくていいからね。誰とも交換しないでね」

「しないよ。自慢はするけど」

長方形のプリクラが、ほころんだ柊くんの口もとを隠す。

私の落書きはセーフっぽいけど、自慢て。なにを？　私とプリクラ撮ったことを？

毎日のように女子から隠し撮りされまくりの柊くんが？

取りだしたままのプリクラを見る。そこには最新技術によりかっこよさ倍増の柊くんといつもの私。そして、私の字ではない『初デート』の文字。

なにこれ、胸が締めつけられすぎて呼吸困難。

「自慢しなくていい！　誰にも見せないでね⁉」

「このひまりかわいい」

「かっ、かわいくない！　かわいくないからホントやめてっ」

柊くんみたいにかっこいい人にかわいいって言われても、こんな反応しかできないから！　うれしいけども！　顔あっつ！

うつむく私はくすりと笑われ、歩くよううながされる。

「なんか欲しいのある？　あんまり得意じゃないけど」

半歩うしろで、UFOキャッチャーの景品を眺める柊くんの横顔をこっそり見る。

ここに来るまでだけで、女の子たちが何人も振り返った。そんな人が、私なんかを自慢する、とか……かわいい、とか言うなんて、夢じゃないかな。

「じゃあ……ぬいぐるみ。キーホルダーみたいなやつ」

「あー。小さいやつなら獲《と》れるかも。あるかな。ちょっと見て回ろ」

「うん……」

「欲しいの獲れなかったら、そこはごめん」

柊くんに獲ってもらったものなら、なんだってうれしいし、胸に抱きしめたくなるだろうけど。本当のことを言えば、そんなふうに笑ってくれる柊くんをいちばん、ぎゅうって抱きしめてみたいなって、思った。


「ないなー」

私が欲しいと思った、小さなぬいぐるみのキーホルダーを獲ってもらったあと、ゲームセンターを出て商店街を直進しているうちに柊くんの眉がだんだんと下がっていった。脇道を通りかかるたびのぞきこんでいるのに見つからないから、残念なんだろう。米粉《こめこ》クレープの移動販売車。今度は私の希望で探していた。

「見ればわかりそうだけどな。有名？」

「おいしいって評判みたい。この前ふっくんが、見つけたら絶対食べるべきって……教えてくれたというか、熱弁ふるわれた」

「ああ……アイツ、そういうのくわしいもんな」

やたらお店とかデートスポットを知ってるもんね。過去に彼女がいたこともないのに。妄想《もうそう》で調べて培《つちか》った知識だと思うとたしかにちょっと不憫《ふびん》になる。

「でも、ふっくんに彼女がいてもおかしくないよね」

運動も勉強もそこそこできて、学年問わず友達も多くて、クラスのムードメーカー的存在だから、誰か好きになっていてもいいとは思うんだけどな。

「まあ、なんだかんだ一緒にいて楽しい奴だしね。うるさいけど」

「あー……中学時代も言われてたなあ」

「黙ってれば悪くないのに、とか？」

「そんな感じ」

「小鷹もよく女子に言われてるよな。もったいないって残念がられる感じだけど」

「あはは。うん、前に咲も言ってた」

黙ってればいい男なのに、ひとこともふたこともよけい！って怒っていた。

柊くんから聞いた話だと、中学は別々だったみたいだけど練習試合で対戦したこともあり、高校に入ったら同じクラスに見知った顔がいて驚いたのだとか。

私に言わせてもらえば、小鷹くんは準主役級だと思う。柊くんと合わせてツートップと呼ばれるのも納得できるくらいにふたりは仲が良いし、日常の何気ない動作も目を引く。

柊くんより少し大きい背丈。ふっくんと比べると優等生。高一にしてはなかなか表情筋が動かない。パッと見は一重であっさりした目もとに、切るのが面倒と半年は切っていない黒髪がかかる。顔もなかなか整っているし、物憂《ものう》げな独特のオーラに、女子たちは小さなハートをはなっている。

かくいう私も入学時、かっこいい人だなあ、クールそうだなあって思っていた。

実際の彼はクールというよりはスマートで、言動がはっきりしているのだけれど。口を開けばなんとやら。小鷹くんは面倒くさがりゆえの時短マニアで、自分でやったほうが早いと思うことは率先してやってしまうし、できてしまう力量を持った、なんとも疲れそうな性格をした男の子なのだ。

ふと目にした時はたいてい、眉間にしわを寄せている。

それでも何人か告白する女の子はいて、きっぱりバッサリ断られていた。本人曰《いわ》く、恋愛はひたすらに面倒くさいらしい。柊くんに告白される少し前から話すようになったから、彼のことはまだそんなに知らないんだけど。

「彼女ができるとしたら、ふっくんのほうが先だろうなあ」

「――あっ！　ひまりアレ！」

突然、商店街の脇道を指さした柊くん。タバコの自販機と、木製の丸テーブルにべンチのセットがふたつ。その奥の人だかりに目を凝《こ》らすと、白のボディカラーにピンクとブルーの波模様、その上に文字がペイントされた車が停まっていた。

「やったぁ！　アレだよ！」

「行くべっ。にしてもめっちゃ並んでるなー」

八割女子だし、と笑う柊くんと米粉クレープの移動販売車に向かう。車の周りには順番待ちのお客さんが集まっていて、その列に加わると、店員のひとりがメニュー付きのチラシを渡してくれた。

「わー、かわいい。迷う～」

「俺チョコバナナかな。どれで悩んでるの」

「私もチョコバナナ好きっ。で、いっつもブルーベリーとどっちにしようか悩む」

「じゃあ俺の食べればいいよ」

「えっ」

「あれっ、ひまりそういうのダメだった……っけ？」

「や、平気……なので、お言葉に甘えよう、かな」

「うん」

「……うん」

へへ、と妙な雰囲気に笑いあって、私は生クリームとブルーベリーソースに決めたのに、恥ずかしくて再びチラシへと視線を落とす。本当は顔をうずめてしまいたいくらいだった。
なにを過剰に反応しているんだ私は‼　ひとくちあげるなんて日常的にやってるの
に！　一応男子のふっくんにだってあげたことあるのに！
もんもんとしながら、チラシの文字を無意味になぞる。
こんなこと、柊くんは意識すらしないよ。さらりと自分のを食べればいいって言え
ちゃうくらいだもの。なんだか頭の出来から違うっていうか、経験値の差が明らかに
なっているだけじゃないかと思えてきた。
柊くんだもん、デート経験くらいあるだろうし、彼女がいたこともあるに決まって
る。今日だって緊張してる様子もない。
私だけ、だよねぇ……。
またモヤモヤした気持ちが生まれてしまう前に、チラシを折りたたむ。
大丈夫。こんな私でも一応、あの姉その二と同じ血が流れているんだから！
「早く食べたいねっ」
見上げれば、ふわりと笑う柊くん。
すぐ余裕のなくなってしまう私だけど、今日は、『楽しかった』と言われて終わり
たいな。

クレープはふっくんが熱弁していたとおり、すごくおいしかった。ブルーベリーも、チョコバナナも。

近くにあったベンチに座って休憩がてら話したあとは、柊くんのバッシュや私のへアアクセを買いにいったり、地元の新しいゆるキャラに遭遇《そうぐう》した時は写真を撮ったりした。

これといって特別なことをしたわけじゃないけれど、柊くんはよく笑ってくれたように思う。それに、優しかった。歩いてばかりで疲れてないか気遣ってくれたり、軽食がてら寄ったカフェではおごってくれたりと、今日はいちだんと優しかった。

「気持ちだけもらっとくね」

午後七時を過ぎて、駅へ向かいながら「送る」と言ってくれた柊くんに断りを入れる。乗る路線は一緒でも、柊くんは高校の近くに住んでいて、終着駅で降りる私より五駅も前だ。

「遠慮してる？　最寄りの駅まで送るよ」

駅に着いてもバスに乗らなくちゃいけないから、そこまで、って気負わせないように言ってくれているんだろう。その優しさだけで、十分。

「いいの、ほんとに。柊くん明日、朝練ある日でしょ」

「そうだけど、三十分もかかんないし。日も短くなってきたから、心配だし」

仮になにかあっても護身術《ごしんじゅつ》は身につけているから大丈夫なのに。お父さんが美人すぎる姉とかわいすぎる姉に伝授《でんじゅ》した技の数にはとうてい及びませんけどね。

「バス待ってる間にメールするよ」

改札口を通りながら言うと、柊くんはまだ承諾《しょうだく》しかねるという表情をしている。

「……家に着いてからも」

「あはは。うん、わかった」

心配性だなあ。これは彼女になったら大変そうだ……って、他意はないんです。自然と思っただけです。

誰に向けてでもない言い訳を並べながら、電車を待つ。その間に柊くんの携帯がメッセージを受信し、手早く返信していたようだった。

ぴこん、ぴこん、とまた受信音が鳴る。

……笑った。

声をもらさず、どちらかといえば口もとがゆるんだだけで、うれしそうに見えた。

女の子、かな。ふっくんとか小鷹くんの可能性だってあるのに、まっ先に女の子じゃないかって思ってしまう。

これは、宿命と言われるだけあるんだろうな……。

柊くんの連絡先を知っている女の子なんて山ほどいる。用があってもなくても連絡する子だってたくさんいるだろう。それは恋のせいなのか、私が知る由《よし》もないけれど。

「……ひまり？」

ぱっと顔を上げる。いつのまにか柊くんは携帯をしまっていた。

「あ、ごめんっ。どうかした？」

「や、なんか……疲れた？」

「え⁉　疲れてないよ全然！　元気ですっ」

「そう？　ならいいけど……電車は座りたいよなー」

「だねえ」と答えながら、自分の表情が気になった。もし、疲れているように見えたのなら、ものすごくやり直したい。疲れることなんてひとつもなかったんだから。

楽しかった。最初は緊張でどうかなりそうだったけど、ちゃんと楽しめた。

……本当は、少し不安だったんだ。また、置いてきぼりにならないかって。ついていけなくて、そんな私はつまらないって思われないかって。

だけど、ちっともそんなことなかった。歩調を合わせてくれたように、今日の柊くんとは同じ目線でいろんなものを見られた気がした。

「あの……今日は、ありがとう」

突然の感謝に柊くんはビックリしたようで、「どうしたの急に」と笑ってくれた。

電車に乗ったら、言わずに終わってしまいそうだと思ったから。

「俺のほうこそ、ありがとうだよ――……って、なんだこれ。照れるな」

本当に気恥ずかしそうに首筋をかく柊くんが、それでも笑みを浮かべてくれる。だから私も、素直に感じたことを言えた。

「あのね、ふたりで出かけるって決まってから今日まで、すごい緊張してて……。自分が行きたいところに交互で行こうって言われた時も、どこにすればいいかわからなくて、楽しんでもらえるかなって、不安だったりしたのね」

「……うん」

「でも、ていうか……今になって思ったんだけど、私、学校での柊くんしか知らないから、いきなり映画館とか水族館じゃなくてよかったなって思ったの」

初めてのデートがひとつのものに集中するような場所じゃなくて、ふたり並んでいるだけで笑いあえる場所でよかった。学校の休み時間や、夜の電話にメールのやりとりだけじゃうめられない物足りなさを、満たしていくような時間だった。

「いろんな場所に行けたから、いろんな柊くんが見られたっていうか……うまく、言えないんだけど。定番じゃないプランを持ってきたのも、さすがだなあというか……えっと、つまり」

「楽しかった？」

「そりゃあもう！」

かぶせ気味に言ってから、自分が満面の笑みだったことに気づく。だって、柊くんがとろけそうに微笑むから。

そりゃあもう、って……もっとほかにかわいい言い方なかったのか私……。

「あの、だから、今日は、ありがとう、です」

「ふは。どういたしまして、です」

お互い前を向いたまま、もうすぐ電車が到着するというアナウンスを聞く。

顔が火照って仕方ないけど、伝えたかったことは言えた、かな。……あれ。でも、柊くんに楽しかったって言ってもらえたっけ？　あれっ？　私が聞かれただけじゃ――。

「……！」

ぴくりと震《ふる》えた次の瞬間、きゅっと握られたのは、指先。

たった三本。全神経がそこへ集中しちゃったみたいに、うまく頭が回らない。

なにも言えなくて、柊くんもなにも言わないままで。前を通りすぎた人と目が合った時、なぜか一気に顔が熱をもった。

うわあ……！　見ら、見られた！　いや私の顔だけど！　けっしてこの、この状況を見られたわけでは……！

訳もわからずうろたえていれば握られていた力が弱まり、またすぐ握り直された。

今度はぎゅっと、手のひら全部。

ギャーッ！と心の中で叫ぶ。

なんで、なんでなにも言ってくれないんでしょうか……‼　前回は手をつないでもいいか聞いてくれたのに、どういう心境の変化ですか⁉

キャパオーバーしそうな頭で必死に絞りだした解決策は、柊くんを見る、だった。赤面でもしていてくれれば、まだ落ち着きを取り戻せたかもしれないのに。柊くんはあさってのほうを向いて、私を見ようとしていなかった。

なにそれずるい‼　ものすごく声かけづらいじゃんか！

声をかけることも動くこともできず、受け入れることしかできない。なんて、いやなら振りほどけばいいだけなのに。できっこないってわかってる。

無理だよ。だって、こんなにどきどきしてる。私も握り返すべきか、なんてことまで考えている。

最初はひんやりしていた柊くんの手が、私と同じくらい温かくなってきて、気持ちまで伝わってしまうんじゃないかとヘンなことを思った。

もし、本当に伝わってしまうとしたら、私は手を握り返せないな……。

心臓の音がようやく静かになってきた頃、電車がやってきた。思っていたとおり、手はつないだまま電車に乗った。

「……本当に送らなくていい？」

やっと口が開かれたのは、柊くんが降りる駅のひとつ前だった。

なんだか体中がふわふわしていて、今日デートしたのも、手をつないでいるのも夢なんじゃないかと思う。

「送らなくていいよ。時間もお金も倍かかるし」

「そんなの気にしなくていいのに」

「ダメです」

どうして、と問いたげな柊くんへ微笑みを向ける。手を握り返すことは、できないけど。

「今日の分は、とっておいて欲しいの。今度は学校のあと、寄り道できるように」

柊くんはぱちくりと瞬きをしたあと、「あー……」と気が抜けたようにドアへ頭を寄りかからせた。

「なんか元気出た」

「……元気なかったの？」

「ひまりが好きってこと」

その不意打ちのひとことに、もはや夢見心地だった私はまっ赤になることなく、ただただ、うれしい、と感じていた。

# V　決まっていた答

誰かに聞いて欲しい、なんて気持ち、初めて知った。

週明けの月曜日。席に着いても相変わらずそわそわして、思い返すとニヤけちゃいそうで、打ち明けたくてたまらない。

こんな気持ちなんだなあ。

私は、というか家にはあのふうちゃんがいるから、人の話をさえぎってまで自分の話をしようとするタイプではなかった。

そもそも聞いて欲しいと乗り気になるほど、悲しいことも、うれしいことも、今までそれほどなかっただけなんだろうけど。人に話すほどのことがないのは、平和に楽しくやってるからだと思っていたし、実際聞かれればそう答えていた。高校は楽しいよ。咲っていう友達ができたよ、って。それなのに今の私はどうだろう。

昨日は話すべきかあんなに悩んで、やっぱり恥ずかしいからとやめたのに、またぶり返している。

カバンに付けてきた、柊くんが獲ってくれた小さなぬいぐるみのキーホルダー。もらってきた、クレープ屋さんのメニュー付きチラシ。まだ、誰も知らないことに落ち着かなくなる。なんでだろう。きっと誰が聞いても普通だって言いそうなことなのに。

今まで感じたことのない幸せを、感じているのかもしれない。だから聞いて欲しいって思うのかも。

そっと、机の上で裏返しにしていたプリクラにふれる。

事後報告になっちゃったけど、話そう。

土曜日、柊くんとデートしたんだ、って。

ノートの間にこっそりプリクラを潜《ひそ》ませて、咲が来るのを待った。


「アンタ、いつ返事すんの？」

おはよう以外言いそこねた私は、デートの報告をする間もなく、登校してきた咲を見上げたまま、頭の中で今日までの会話を猛スピードで振り返る。

「好きなようにすればって言ってた‼」

「言ったねー。咲は、だけど」

前の席に着く咲は、青ざめた私をさらに困惑させた。

なに、急に……どういうこと？

「もう返事したの？　まだなの？　いつすんの？って、ハイエナどもが」

心底面倒くさそうな咲に、ぐるぐると思考をかき混ぜる。答を導きだすのは思いのほか簡単で、プリクラを隠すようにノートの上で拳を握った。

「……ご、ごめん。私また、呼びだされてた？」

「そうじゃなくて。メグからにらまれんのが怖くて、ひまり本人にも聞けない奴が咲にたかってきたんだよ」

じとりと背中にいやな汗が浮かぶ。

「ごめん……」

「あやまんなくていいから。そう感じはじめた奴がいるってことを言いたかっただけだし。よっぽどヒマなんだねー。咲は興味ないけど、さすがに何カ月も待たせるのはやめとけ?くらいは思ってるからね?」

「……うん」

目を合わせられなくなった私の前で、咲が小さくため息をついた。

言われなくてもわかってるか、と言葉を飲みこんだのか。すぐいっぱいいっぱいになる私にあきれたのかは、わからないけど。

そうだよね。いいかげん、返事するべきだよね。初デートが楽しかったからって、ふわふわへらへらしてる場合じゃなかった。ここが、ゴールなわけないじゃん。

もう二週間以上。柊くんは〝返事〟を急《せ》かさない。

〝保留〟を望んだ私に付き合って、今までどおり接してくれる。その代わりに気持ちを隠さず、攻めの手を休めることもない。

私は返事を待ってもらうことで、柊くんの気持ちだったり、人気ぶりだったりを、改めて思い知った。だけどそんなことは私にとっても目新しいことじゃない。

なんのために〝保留〟にしたのか。いつかは出す返事の〝理由〟を、私は固めていかなくちゃいけないんだ。

はあ、とため息をこぼした昼休み。提出物を担当教員まで渡しにいこうと教室を出ると、廊下の先に柊くんたちを見つけた。私はひとり。向こうは小鷹くんとふっくんもいた。

今日の柊くんは遅刻ギリギリだったから、実はまだ言葉をかわしていない。メールなら昨日もしたけれど、土曜日にデートをしてから直接話しては、ない。

おはよう、って声をかけるべきかな。もうお昼なのに？　こんにちは、は違う。それは絶対違う。だからって他愛ない話題も浮かばないし……あああ、そうこうしてるうちに距離が縮まってく！　前はどうしてたんだっけ!?　そもそも私から話しかけたことってあったっけ!?

不自然に窓の外へ目を向けたまま、歩調を変えずに廊下を進む私は「おー」とふっくんの声が聞こえたことでそちらを向いた。

「ひぐっ！」

「ひまりーっ」

笑顔の柊くんに呼ばれたのとほぼ同時に、顔をゆがめたふっくんが脇腹を押さえている。

な、なんだろう……？　柊くん、と呼び返しながらも、そのうしろでふっくんが
「学習しろよ」と小鷹くんにたしなめられているのも気になった。

「めずらしーね。ひとり？」

「あ、うん。ノート出しにいこうかなって」

「えっ？　なんのノートッ!?」

「クソ……メグ……貴様ぁ……」

驚く柊くんと涙目のふっくんを交互に見ながらも、家庭基礎であることを伝える。

「うわ、ヤバい。家庭科なのにノート提出とかすんの？　そんな話あったっけ」

「あっただろ。実習じゃない時は後日ノート提出してもらうって、最初の座学で」

「半年以上前じゃん！　なんだよもーっ！　提出っていつまで？　ノート自体持ってないんだけどっ」

「売店で買ってこいよ」

焦る柊くんに対して、小鷹くんは我関せずのスタンスだ。

「んあー……」と宙を仰いだり首をひねっていた柊くんは、私へ視線を注いだ。急にじっと見つめられて、どきりとする。

「ノート、貸してください」

そろりと両手を合わせ、お願いしてくる柊くんは少しだけ上目づかいになっている。

自分のかっこよさを活用しすぎじゃないでしょうか。

どき、どき。静かに速まる鼓動を意識しないように笑う。困ったな。

「いいけど、締切、今日までだよ?」

座学数回分、まとめて十ページくらいはある。そのことも伝えると、普段どおりの感覚で借りようとしていた柊くんは目を丸くさせ、頭を抱えた。

「うわー!　マジかよ!　絶対無理じゃん俺っ」

「代わりに俺が書いてやろうか」

「やだよ!　小鷹、金とるだろ!」

わーっと大げさにリアクションする柊くん。

ノートを貸す以外で私にできることがあれば手伝いたいけど、代筆はバレるし、無理だよなあ。役に立てなくて申し訳ない……。

やるだけやってみる、とげんなりしている柊くんにノートを渡すと、小鷹くんは「あきらめないのか。えらいな」と感心していた。

「あ、そ、そーだ。ふっくん」

手持ちぶさたになった私は、目にとまったふっくんへ近寄る。小鷹くんの背後で「おまえらホントひどい……」と涙目になっていたから、いやでも目に入っていたんだけど。

「移動販売車のクレープ屋さん、言ってたとおりおいしかったよ。ありがとう、教えてくれて」

お礼が遅くなってごめんね、とも伝えると、ふっくんの涙目が徐々《じょじょ》に明るくなった。

「だろー⁉ あれはマジで食べとくべきだったべ⁉ 女子は、てか、ひまりは絶対好きだと思ったんだよなーっ」

「うん、好きだった。メニュー付きのチラシもかわいくて」

「そうだろそうだろ。俺的オススメポイントは神出鬼没《しんしゅつきぼつ》ゆえのレア感で、かと言って探せば見つからないわけじゃあない、宝探し感な！」

へっへー、と得意げに笑うふっくんの判定ポイントはよくわからないけど、今度は咲とも食べにいきたいと思っていた。まあ、朝のアレでなにも話せてないんですが。

「なんだ。デートでもしたのか」

小鷹くんの意外そうな声に、ふっくんの笑顔が固まる。私も私で、内心かなり動揺した。

「あー……まあ、土曜に、ちょっと」

あ、れ……？ 面倒くさそうというか、不機嫌そうというか、歯切れ悪く返事をした柊くんに引っかかるものがあった。

私、もしかしなくても、言っちゃいけない話題を出した？ ていうか、土曜日のこと、ふたりに話してなかったんだ……。

「ひまりテメェーーー‼」

「うわあ！　なにっ！」

「俺が聞きてーわ！　咲と行ったんじゃねーのかよ！　ビックリだよ！　サラッと自分のデートプランに組み込みやがって！　つーかいつの間にデートなん、てぇっ！」

スパァン！　ふっくんの額《ひたい》が小気味いい音を立てた。

ひ、柊くんの平手、恐るべし……。

「おまえ、本当、いいかげんに学習したらどうだ？」

動じない小鷹くんにため息までつかれて、ふっくんはまた涙目になりはじめた。あ、おでこ赤くなってる。

「おまえらなんなの⁉　俺がなにしたっていうの⁉　暴力はんたあああい！」

「はあ……そうやってすぐ口に出すから、彼女にまで迷惑かかってるんだろ」

えっ、私⁉　突然の指摘にふっくんも「なんのことだよ⁉」と反論にかかる。小鷹くんはいっそう深くため息をつき、腕を組んだ。

「しゃべる前に考えろ。自分の声量くらい把握しろ。周りをよく見ろ、アホが。それができなきゃ黙ってろ」

「小鷹、そのへんで」

もういいよ、と止める柊くんの表情は、まったくもってよさそうじゃない。でもふたりが言いたいことは、察したつもり。

実のところ、柊くんが告白をし、返事が保留になったことが瞬く間に学校中に知れ渡ってしまったのは、ふっくんが原因だったりする。人の目を気にしないふっくんの性格は強味でもあるけど、場合によってはマイナスになるわけで。

告白された次の日の、一時間目の休み時間。協力したこともあって告白の結果を問いただすふっくんに、柊くんが折れたのがはじまりだった。

学校のどこかで、『フラれたあ⁉』とふっくんの大声が響いたらしい。そのあと『なんだよ保留かよーっ！』とかなんとか続き、それはまるで爆竹に点火したかのように学校中へ広まって、『高遠陽鞠って誰⁉』と、大勢の生徒が教室まで押し寄せたのだ。

柊くんも、ふっくんも、ものすごくあやまってくれたけど、悪気があったわけじゃないから、怒れなかった。

それに今となっては、バレてよかったんじゃないかと思う。

注目されるのは変わらず苦手。でも知られているおかげで私も、たぶん柊くんも動きやすいというか……変に隠そうとしてぎくしゃくせずにいられるのかな、って。

だけど……私はともかく、柊くんまでデートのことを隠していたのは意外だった。

今も、あんまり、機嫌がよさそうには見えない。

ていうか、私のせい、だったり。どうしよう……土曜日のこと隠したかったなら、あやまったほうがいいよね。

「いた！　メグーッ」

ぎくりと身体をこわばらせた私の隣に、声の主がやってくる。

クラスメイトで、よく柊くんたちと一緒にいる、美人と評判の横居《よこい》さんグループの面々だ。

「ねーねー。今日みんなでカラオケ行こうよーっ」

「てか強制参加ね」

「いや俺ら今日、部活あるんですけど」

「えーっ！　じゃあ終わってから！　それなら来れるでしょ？　うちら待ってるし！」

ねー、と互いの意思を確認しあう横居さんたちに、もちろん私は入っていない。

一瞬で蚊帳《かや》の外に弾きだされるこの感覚って、どうして生まれてくるんだろう。

もう戻っていいかな……いいよね。会話の邪魔だろうし……。

「てかなに持ってんの？　ノート？」

教室へ戻ろうとした直前、横居さんが柊くんからノートを取りあげた。

「おい……っ、」

取り返そうと柊くんが手を伸ばすも、横居さんの目は家庭基礎と書かれた表紙に、私の名前を見つけただろう。だけど、

「えー？　なに？　借りたの？　てか、提出する気？」

私に視線が向けられることはなく、ぱらぱらとノートがめくられる。それが妙に神経を張りつめさせた。こんな子に借りたのか……って、暗に言われているようで。

――つまずい……！　忘れてた！

「あの」プリントではない、白い長方形のものがノートの最終ページにはさまっていたことに気づいてあわてて声をかけるも、横居さんが手に取るほうが早かった。

「えっ‼　なにこれ、ウソでしょ⁉」

ギャーッと、いっせいに横居さんたちが悲鳴のような声をあげ、カラオケの参加はどうなったかと聞きにきたほかの男子まで騒ぎはじめる。

ふっくんが「プリクラじゃん！」と驚いた時に取り返せたらよかったけど、周囲のざわめきに圧倒されて、身体が動かなかった。

「なに、いつのまにデートしたん！」

「ヤバいんだけど！　メグとツーショットとかっ」

「信じらんないっ。マジでふたりで遊んだの⁉　超ウケるんですけどっ」

「ウケることじゃないだろ……いいから、返せって」

「やーだ。だってさあ、」

くすり、くすくす。忍び笑いに変わった横居さんの手にあるのは、土曜日に撮った私と柊くんのプリクラ。

普通に撮ったつもりだ。ちょっと緊張して、それでも笑みを浮かべて、ふざけて撮ったりもした。だけど柊くんと一緒に写っているのは、私、だから……。

つりあってない。調子乗ってる。見ててイタい。ウケる。横居さんが向けてきた視線には、そんな言葉が秘められている気がして、カッと頬が熱くなった。

「ね、高遠さん。これちょうだい？」

「え、ずるい！　私も欲しいっ」

「あたしが先ーっ」

「でたー。女子のプリ交換。貰《もら》ってどうすんだよ」

……笑いものに、するんです。

『高遠さんが彼女になったら、メグがバカにされんの！』

呼びだされた時に投げられた言葉が頭をよぎる。

あの時は深く考えなかったけど……考えたくなかった、けど。私が柊くんの告白を受けるっていうのは、こういうことだ。

「ねー。小さいのでいいからさ、貰っていいでしょ?」

——ぐしゃり。奪《うば》い返した時か、胸に抱いた時か。大事な思い出が手の中で折れ曲がった音がした。

「あげられません、すみません」

「えっ……ちょっとー⁉」

誰の顔も見ずにその場を走り去る。恥ずかしくて、悔しくて、泣きだしそうだった。

何度も口にしてきたけど、こんなに願ったことはない。

もっとかわいく生まれたかった。

「……っ」

無理だけど。今さらそんなこと願っても、意味のないことだけど。私は、私じゃない自分になりたい。柊くんと並んでもつりあうような。一緒にいても見劣《おと》りしないような、そんな自分に。

……だって、柊くん、困った顔してた。からかわれて、いやそうだった。

だからきっと、デートしたこと、みんなに黙ってたんだ。

「暗《くら》っ！　なんなの、暗っ」

先に清掃を終えた咲が、化学室のベランダでふたつの黒板消しを押しあわせているだけの私に言った。

「チョークの粉まったく落ちてないし。やる気ないならやらんでよろしい」

そう言われては、黒板消しには悪いけど早々にもとの場所へ戻した。

「暗いわー。咲まで暗くなりそう」

教壇《きょうだん》に立ったままの私は振り返ることができない。暗いって言われるくらい、ひどい顔をしているんだろう。

昼間、泣きだしてしまいそうになるのをなんとかこらえてから教室へ戻った。休み時間が終わるギリギリ一分前。柊くんのことも横居さんたちのことも見られなくて、咲にはどこ行ってたのって怒られた。

デートをしたってウワサにはなっていないみたいだけど、咲はどこまで知ってる？なにから話せばいいんだろう。……私、どうしたらいいんだろう。

「いたいた。高遠さーん」

声をかけられて振りむいた先にいたのは、化学室へ入ってきた男子二人組だった。クラスメイトじゃない。誰だろうととまどっていると、そのひとりが持っていたノートを掲《かか》げた。

「これ！　メグからあずかってきたー」

柊くんの友達。だけど、にこりとも笑い返せない。どうしてこの人が？　柊くんにノートを貸して、自分で返しにこないことはなかったのに。

「なん、で……」

手渡された私のノート。なぜかもう一冊、「柊 仁」と書かれた真新しいノートまであった。柊くんが自分で二冊提出するならともかく……別のクラスの人にあずけたり、する？

「あー。さっきまでメグと話してて、ちょうどノート写し終わったところでさ。今日までに提出って聞いて、家庭科室に用あるから代わりに出しておこうかって、俺が」

「出してないじゃん」

黙ってそばにいた咲が、すかさずつっこんだ。するとふたりの男子は困ったように、けれど興味を押し隠せないように、笑った。

「まあ、これはきっかけ作りっていうか。用件は別にあったっていうか」

「は？　意味わかんないんだけど。ひまりに用があるなら回りくどいことしないでさっさと言いなよ」

「やー。メグに聞こうとしたんだよ？　でも機嫌悪そうっていうか、なあ」

そうそう、とうなずくもうひとりの男子を見ながら、心臓がいやな緊張をまとっていくのがわかる。

「単純に疑問なんだけど、返事ってまだ保留中なの？」

思考さえ一瞬フリーズして、その〝単純な疑問〟に、唇が震えてうまく答えられない。

「え、っと……」

「俺ら昼休み、近くにいたんだよね。デートまでしたんだろ？　横居らに聞いたら、付き合ってないって言うから。なんで付き合わねーのかなって」

「わかんないよなー。なにがダメなの？　メグ超いい奴じゃん」

知ってます、けど。

……けど、なんだろう。私はなにを気にしているんだろう。

日陰《ひかげ》の身の自分じゃ、柊くんにはつりあわないってこと？　私が彼女になろうものなら、柊くんがバカにされるってこと？　そんなの、柊くん本人が否定してくれたのに。

あんなにまっ赤になって告白されて、優しくされて、いつもまっすぐ想いをぶつけてくれる柊くんを、嫌いだなんて思ったことは一度もない。だから柊くん自身をもっと知りたいって思った。受け身でいちゃダメだって、がんばって動いたんだよ。

かっこいい、って。かわいい、って思う。

近くにいるとどきどきして、遠くにいれば目で追ってる。

『ひまりが好きってこと』

うれしかった。二度目の好きも、どうしたってうれしかった。

それなのに、私は、どうして。

「ぶっちゃけ、付き合う気あんの？　ないの？」

「……」

痛いくらいの沈黙が私を追い込むようだった。

答えられない。だって、なにひとつ決めていないから。

幸せだって、楽しいって、それだけを噛みしめるばかりで、なにも。

私は、あのオレンジ色に染まる教室で起きた夢のような出来事が、消えないように って。ただ、それだけを……。

「コバエがぶんぶんと、うるっさいわあ」

顔を上げると、前に出るでもなく、咲が腕を組んで男子生徒をねめつけていた。

「メグがいい奴だからなに？　ひとつの判断材料じゃん。デートしたからってなに？ それだけで付き合うわけないじゃん。アンタらはそうだったのかもしれないけどさ。 付き合う気あんのってなによ？　アンタらに指摘されるでもなく、ひまりは考えて るっつーの。マジよけいなお世話。下世話《げせわ》。ウワサを耳にしたくらいで関係者ヅラす んのやめて欲しいわ。友達ならまだしも知らない奴の野次馬根性クソうざい」

「ク、クソって……！」

「言いすぎだろ！　俺らはただ」

「え、咲！　もういいから、行こう、ねっ」

「いやだ。ぶっつぶす」

「言葉で!?　やめて、咲のマシンガントークは聞いてるこっちが息できないから！」

無理やり咲の背中を押して歩かせると、

「なんっだよ……」

数歩離れてから、うしろから不服そうな、濁《にご》った声が耳に届いて、立ち止まった。

ふっくん同様、彼らには悪気があったわけじゃないんだろう。気になって、聞いてきただけ。有名人で、人気者で、友達の多い〝メグ〟の告白の行方《ゆくえ》を。

私は振り返り、彼らと顔を見合わせたあと、頭を下げた。

咲がごめんなさい。私も……ごめんなさい。

それはまず、柊くんに言わなくちゃいけないから、彼らに言葉で伝えることはしなかった。

家庭科室へ寄ってノートを提出してから教室へ戻ると、柊くんと目が合った。気のせいかと思うほど速く逸らされてしまったけれど、たぶん私が想像できる、いちばん最悪な理由ではないと思う。

柊くんは優しいから……すぐに私を嫌いだなんて言わない。

「えー。もうすぐ学園祭があることは知っているだろうが、準備に向けて実行委員やら出し物やら今度のLHRで決めるんで、そのつもりでなー」

はーい。とクラスメイトが生返事をし、

「これから雨強くなるらしいから、部活ある奴は気をつけて帰れよー」

担任がそう締めて、帰りのHRが終わった。

外では雨がぱらつきはじめていて、クラスメイトは続々と席を立っていく。

「傘持ってきてねーよーっ」

大きな声で嘆くのは、ふっくん。その周りには昼間と同じように小鷹くんと、席に座ったままの柊くんの姿。

帰り、自転車なのに大丈夫かな。雨脚が強くなるって、何時頃からだろう。

携帯を取りだし、画面をスワイプした手を止める。

調べてどうする、私。本当に、ちょうど部活が終わる頃に大雨になったとして。それを知ったとして、傘を貸そうか？って話しかける勇気もないくせに。

そもそも、こんなふうに事前に調べて話題を作らないと話しかけることもできない時点で、私って……。

「ため息やめてくださーい」

視線を向ければ、咲がいつものように空いた前の席に腰かけるところだった。

咲は、デートのことや昼間あったことについても聞いてこようとしない。近くにいたとはいえ、ほかのクラスの男子が知っていたくらいだ。やっぱりウワサになってるのかな。だけどもはや、どう話を切りだせばいいのか。

とにかく早く柊くんへ返事をしないと、って強迫観念《きょうはくかんねん》のようにとらわれている。

「……帰る？　傘持ってる？」

「超かわいい傘があるよ。まっ黒でね、小さいドクロとリボンが水玉みたいにプリントされてんの。見てのお楽しみ～」

あらかた想像ついちゃったけど……。咲に似合いそう。

「でもちょっと化粧直させて。先輩に会うかもしれないからっ」

「んー。早めにね」と言いながら、私の目は柊くんへ。まだ席に座っていて、集まったクラスメイトと話していた。当然のように横居さんたちもいる。

毛先だけゆるく巻かれた髪型は笑い声をあげるたび軽やかに揺れて、メイクも濃すぎず薄すぎず、適度に着崩した制服姿も大人っぽく見えた。

同じ女子であることはまちがいないのに、あの華やかさはなんだろう。どこで差が出るんだろう。

胸の奥が、チクチクする。

私と違って赤くなることも、うろたえることもなく笑っていられる彼女たちを見て思う。きっと外見だけじゃない。『傘持ってないの?』『貸してあげるよー』なんて、私が簡単に言えないことを言ってのけるんだ。

ふいに柊くんと目が合って、とっさに顔をそむけてしまった。だけど頭にはその姿が残ったまま。

……バカだ。

こんな、あからさまに。さっき目を逸らされたからって、私まで顔をそむけることないのに。でも今のは、条件反射。そんなの逆らいようないっていうか、ね。……うん。だから、なんでもない。

なんてことないよ。こんな、情けない気持ち。

「ちょっと。なーにー。遊ばないでよ」

私の前で横向きに座る咲の長いツインテールを、黙々と三つ編みにして時間をつぶすけれど、きゃはは楽しげな笑い声は大きくなる一方で。

同じ教室にいるのに……まったく違う世界に、迷いこんでしまったみたい。

「つか、横居たちうっさい。わざとかってくらい、うるさくない?」

「いつもどおりかと」

「マジで言ってんの。咲は知ってんだから。アイツらぜーったい調子乗ってんだよ」

「……そんなことないって」

否定するたび、まるで黒い雲が胸の奥で大きくなっていくみたい。

「ほ〜らさわった。す〜ぐさわる。べたべたすりゃどきどきするとでも思ってんのか。ないわー。ああほら、今度はメグの膝《ひざ》の上に」

実況をはじめた咲の言葉に勢いよく柊くんを見たら、その膝に女子が……座ってなんかいなかった。

思わず咲をにらむと、咲はべーっと舌を出してくる。それを見て、ずっとなにも言わずにいる私が悪いって思った。けど、

「ギャー！　ちょっとバカ！　馬鹿力！　からかっただけじゃんーっ！」

マスカラを持った咲の手を握りしめ、パンダ目にしてやろうかとも思った。

焦らせないでよ！

そう頭に浮かんで、心のもやもやが膨《ふく》れあがっていくのを感じた。

焦った……って、なに。焦る理由なんて、ないでしょ。

柊くんはモテるんだから。狙ってる子なんてたくさんいるんだから。そんなことに、いちいち反応なんて、していられない。……しちゃダメなんだよ。柊くん相手に私なんかが、一人前にそんなこと……いい笑い者だ。

「ひまり？　ねー。……怒った？」

咲から手を離し、落としていた視線を、柊くんのいるほうへ向けた。

……不思議だよね。どうしてこんなに毎回、目が合うんだろう。ふっくんや横居さんたちだっているのに。迷うことなく、まっすぐに。

「帰る」

「はっ⁉　咲まだメイク終わってない、って、早いわ待って！」

急にまぶたの周りが熱くなったから、カバンを引っつかんで席を立った。咲の制止も聞かずに、今度は柊くんのほうを見ないように、教室を出る。

ガタンッ、と音がしたのは、私がドアにぶつかったわけじゃない。

「――ひまりっ」

なんで追いかけてくるの。そうやって私、いつも、柊くんに追いかけさせてばかり。

「待って！　なあ、ちょっと……ストップストップ！　どうしたっ」

行く手を阻《はば》まれて足が止まっても、顔を上げられない。私、きっと今、史上最高にブサイクな顔してる。

「なに、が？　どうもしないよ」

だから、放っておいて。追いかけて、こないで。返事もしてないくせに、やきもちやく私なんか。

「……いや、だって」

言いづらそうな柊くんに、ぎゅっとカバンのヒモを握りしめる。

「泣きそうな顔、してる……ように、見えたから」

「ええ？　してないよー」

声だけは明るくするよう努めたけれど、通じない気がした。

「……こっち見て」

無理。だってこんな顔見せたら、柊くんはとまどう。どうしたのって聞いてくる。優しいから、気にしないでって言ってくれる。

待たされているのは柊くんのほうなのに。

『アンタらに指摘されるでもなく、ひまりは考えてるっつーの』

咲はああ言ってくれたけど、考えたって、なかなか行動に移せない。知りたいって、流されたくないって、自分で決めたいって思ってるけど。なにも決められなくて、宙ぶらりんのまま。

そのくせ目を逸らされただけで、人づてにノートを返されただけで、土曜日のデートのことを隠されていただけで、悲しくなる。責めたくなる。先にどうしたのって思わせたのは、柊くんでしょう？って。

こんなの、自分勝手すぎる。

「ひまり」

ふれようとする柊くんの手を弱々しく避けて、右手の甲で顔を隠した。

「ごめん、違う。違うのこれは、ちょっと、咲に、からかわれて……」

「それは聞こえてたよ。でも、ひまり、俺を見たじゃん」

「……」

「俺を見て、泣きそうな顔した。……なんで？」

そんなの、わからない。

いつだって一直線に、目が合うことに感動したのかも。私と同じように、柊くんも私を目で追っているって実感して、うれしかったのかも。

それなのに私、動けなくて。話しかけることもできないくせに、自分勝手に嫉妬《しっと》まですする自分に、がっかりしたのかも。

かっこわるい。身勝手だ。こんなふうに追いかけてもらって、やめて欲しいって思っている私は、自分の情けなさを見られたくないことに必死で。

柊くんの欲しい言葉ひとつも、かけてあげられない。

「……無理、です」

こんな私。いつか絶対、嫌われてしまう。

「彼女、なんて……そんな、特別なもの……」

なれるわけがないんだ。

最初から、わかっていたことじゃない。

似合わない。つりあわない。そんなわかりきったことを無視してみても。柊くんの彼女になれたら、きっとすごく、すごく幸せだろうなって、繰り返し想像してみても。違和感しか、なくて。柊くんの隣にいるのはもっとかわいくて、明るくて、私みたいな子じゃないほうが、ずっとしっくりくるなあ……って、苦笑したんだ。

それでも告白されたから。返事を待ってくれたから。柄《がら》にもなく帰りを待ってみたり、デートしてみたり、楽しかったけれど。優しくされて、笑ってくれて、うれしかったけれど。

今日出す答もやっぱり、変わらないんだ。

「ごめん、なさい……」

柊くんの彼女、なんて。私にはとうてい、なれそうにないんです。

# VI 光さすほうへ

「ひまり〜。そろそろ起きないと遅刻しちゃうわよ〜。ひまちゃーんっ?」

ドアの外でお母さんが呼んでいる。とっくに目は覚めているものの、起きあがりたくない。

「もー。お母さんうるさいー。あたしまだ眠いのにっ」

「でもひまりが」

そんな会話が聞こえてくると、予想どおりバーン!と遠慮なくドアが開けられ、私は拒絶反応からぎゅうっと顔を枕に押しつけた。

「なによもー、起きてんじゃん! ひまり! アンタのせいであたしまで起こされたっ」

いつもより念入りにメイクできるじゃないデスカ。心の中で悪態《あくたい》をついたところで、姉その二は強引に布団をはぎとってくる生き物だ。

「ほら、起きなさい! なんなの、具合悪いの?」

うつ伏せのまま顔を枕にうずめる私は、首を振った。

「じゃあなに。お姉ちゃんにこっそり教えてごらん」

「……学校行きたくない」

「だったら最初からそう言えばいいでしょー? お母さん、ひまり学校行きたくないんだって!」

「ちょっ……！」

なんでそっこうバラすかなあ、この姉は！

思わず身体を起こすと、ふうちゃんは私の顔を見て愕然《がくぜん》とした。

「いやーーっ!! ひまりがブサイクになったあああ!!」

「ひ、ひまちゃん……っま、まさか、がっ、学校でなにかあったの……!?」

ふうちゃんの絶叫に、ふだん温和なお母さんが青ざめる。

「ああもう違う!! 行きますよ、行けばいいんでしょ行くつもりだったよ！」

お母さんの不安は、あながち無用な心配とは言えないかもしれないけど、本心から学校に行きたくないわけじゃなかった。行きづらいから、だだをこねただけ。

「蒸しタオル！ あと氷！」

「お、お母さんは朝ごはんの準備するわね！」

あわただしく一階へ降りていくふたりを止める気力も起きず、ベッドの縁《ふち》へ腰かける。まぶたが重い。さわらなくても腫《は》れぼったいのがわかる。きっと顔色もよくないのだろう。

「はー……」

寝不足だとも感じるのに、やけに目は冴《さ》えていた。

……この前のこと、もう広まってるかな。

運がいいのか悪いのか。土日をはさんだため、学校に行かなければわからない。

結局あのまま咲のことも置いて帰ってきてしまったから、起きてすぐにも携帯を確認してみたんだけれど、誰からも連絡は入っていなかった。

どうして、なんて。自分からはなにも話さないくせに、心配されたかったのか。柊くんからだって連絡がくるはずないのに、待っていたのか。

鳴らない携帯に心のどこかでがっかりする、そんな自分に嫌気《いやけ》もさして、土日はずっと家でめそめそすごしていた。昨晩から、眠るまで。今も私は、自分がどうすべきなのかわからない。

じわりとまた視界がにじむから、まぶたをぬぐった。

「――ハイハイハイハイ寝転がって！」

階段を駆けあがってきた勢いそのままに、部屋へ戻ってきたふうちゃんは私をベッドへ押し倒す。あまりに躊躇《ちゅうちょ》ないから、されるがままになってしまった。

「さあさあまかせなさい！　そんな腫ればったいまぶたも充血した目も、あたしの手にかかればなかったも同然！」

渾身《こんしん》のドヤ顔が、目もとにあてられた蒸しタオルで見えなくなる。氷で冷やしてまた蒸しタオル、と繰り返すらしい。

「……べつにこのままでいいのに」

「なに言ってんの!? そんな顔を公衆の面前にさらすなんて……考えただけでゾッとする‼」

そんな顔って……知らないよ。鏡で見たわけじゃないんだもん。言い方からして、よっぽどひどい顔をしてるってことはわかるし、メイク込みの外見が最大の武器なふうちゃんからしたら、そんな顔で出歩くのは耐えがたいでしょうけど。私の場合は、

「たいしていつもと変わらないもん」

ふうちゃんや咲のように、心からメイクするのが好きで、楽しんでいるわけじゃない。多少の興味からしているだけで、別人みたいにかわいくなるわけでもないんだから。

「なに言ってんの?」

蒸しタオルがとられたと思ったら、むすっとしているふうちゃんと目が合った。

「たいしてメイクの研究もしてないくせに」

——冷たっ！　今度は氷水の入ったビニール袋を押し当てられ、動くなと怒られた。どうして私が怒られなくちゃいけないんだ。このままでいいって言ってるのに。ふうちゃんにはわからないよ。そこにいるだけで場が華やぐような資質に恵まれた人に、私の気持ちなんか。

「ていうかね、まず聞きなさいよ。そうなった理由を」

その言葉に、開きかけた口をつぐんだ。

沈黙が落ちた部屋に、「いたの⁉」とふうちゃんの声が響く。私は間近に立っていたもうひとりのお姉ちゃんを見上げる。

「どれ」

「……お姉ちゃん、帰ってたの？」

華奢《きゃしゃ》な指が私の目もとにふれ、頰をつつく。

「夜中にね。元気そうでよかった、って言わせなさいよ。会うの久々なんだから」

極上に綺麗な微笑みをこぼして、お姉ちゃんは氷水を蒸しタオルに交換してくれた。

「あたしにはなにかないんですかー」

ふうちゃんがすねたように口をはさむと、お姉ちゃんは小さく鼻で笑う。

「不満があればところかまわずわめきちらすアンタに？　そうね……相変わらずみたいでよかった」

「言葉の節々《ふしぶし》にトゲが生えてるんですけど⁉」

この不良！とふうちゃんが悪態をつくのは、お姉ちゃんが帰ってくるのは大体家族が眠ったあとだから。大学生のお姉ちゃんとは生活サイクルが違って、同じ家に住んでいてもなかなか会えずにいた。

「不良ねえ……妹がまぶたを腫らして、学校に行きたくないって言ってるのに、理由も聞こうとしないアンタのほうこそどうなのよ？」

「聞かなくたってわかるもんっ」

「それはそれはずいぶんな自信家だこと。それでどれだけ人に迷惑かけて自分も痛い目見てきたのか、忘れちゃったのね。やあねえ、これだから甘やかされて育ったかわいいだけのバカは」

「オブラァトォオオオ‼　笑顔はいらないからオブラートに包んでお願いします！」

「いやよ。はっきり言わないと自意識過剰のアンタには通じないもの」

「ひまちゃん聞いて。あたしは今、言葉の暴力を受けています」

「……仲良くしなよ」

　不本意ながらいさめると、ふうちゃんは「無理！」と即答する。

「お姉ちゃんいっつもあたしに冷たい！　ひどい！　ひまりばっかりかわいがって！」

　泣いてやるんだから！と、ベッドに伏せたみたいで、振動が伝わってきた。

　どうしてわからないんだろう。どうして、そんなふうに自分の感情を自由にぶつけられるんだろう。

　私には、ふうちゃんもかわいがられているように映る。お姉ちゃんは暴走気味なふうちゃんをうまくいなせるから、冷たく見えるかもしれないけど。

美人で賢いお姉ちゃんも、かわいくて勝気なふうちゃんも、私からすれば十分恵まれていて……。少しでいいから、わけて欲しかった。

「……まあ、そのひまりのかわいいところは、素直なところだと思っているんだけれど。今日は少しご機嫌ナナメみたいね？」

優しい声音が、私の唇を結ばせる。お姉ちゃんに会えばいつだってうれしくておしゃべりになる私が、今日は現れそうにない。

だってこんな姿見られたくなかった。

私のいいところを、お姉ちゃんはまるでとても大事なもののように取り扱ってくれるけど。心の中は、家族の誰にも、咲にも柊くんにだって見せられないくらい、ぎすぎすしてるんだよ。

綺麗なものが妬《ねた》ましくて、輝くものがうらやましくて……誰も悪くなんてないのに、どろどろした気持ちは消えなくて。認めてしまえば楽になるなんて、ウソ。

こんな自分みっともなくて、泣きたくなる。

「ねえひまり。ひとつだけ教えて。今日、学校に行くのは、つらい？」

取り替えられた氷水の音だけが部屋に残る。私はそれを自分で押し当てて、小さく首を振った。

つらいんじゃない。逃げたかっただけ。

どうしようもなくなってる気持ちから、現実から、逃げてしまいたかった。

「お姉ちゃん……私、素直なんかじゃないよ」

関係ない、って。知ったことか、って。本当は、大声で言いたいのに。

「自信が、なくて……それを、知られたくなくて……」

きっと傷つけた。怒らせた。あきれられた。だけど、私、どうすればよかった？

注目されて、慣れない状況のなかで私、なにを中心に考えればよかった？

「行きたくない……学校、好きだけど……いつもどおりの自分が、わかんない」

普段の私と、こうなりたいと思っている私がぐちゃぐちゃで。

もし、金曜日のことが広まっていたら。柊くんとぎくしゃくしたら。私は、どうふるまえばいい？

「だったら、もっとわかんなくしちゃえばいいじゃん」

さっきまでのすねていた態度がウソのように、ふうちゃんのけろりとしたひとこと。

なにを言いたいのか理解できず、それでも理解しようとふうちゃんへ顔を向けた。

「よくわかんないけど、つまりどういう顔して学校に行けばいいのかってことでしょ？　だったらいっそのこと、今日はこういう顔で来てみたけど、どうよ！って感じで行けばいいじゃん。みんなの反応も見られるし、自分の新たな一面も見えちゃうかもだし？　これぞ一石二鳥！」

新たな一面、って……。自分磨きが趣味みたいなふうちゃんからしたら、そんなの日常で慣れてるだろうけど。

「はあ……ひまりがどんなふうに変わりたいかも聞かないで、無責任なものね」

お姉ちゃんがとがめるように言うと、ふうちゃんは反論にかかった。

「だって、いつもどおりの自分なんて、壊して試して初めてわかるもんだと思いまーす」

口をとがらせるふうちゃんに、眉をひそめていたお姉ちゃんが深く息をついた。

「アンタ、それらしいこと言って、ひまりの顔いじりたいだけでしょ」

「とかなんとか言って、お姉ちゃんだって準備万端、臨戦《りんせん》態勢のくせに」

「だって悔しいじゃない。誰よりかわいがってきたのに、頼ってもらえない上に自信がないなんて。信じられない。どうしてなの」

「そりゃ、見目麗しいあたしとお姉ちゃんのほうが注目浴びちゃったからでしょ」

はっきり答えたふうちゃんに私は胸が塞《ふさ》がるようで、対照的にお姉ちゃんはにっこりと微笑みを浮かべた。

「なあに？　ひまりは注目を浴びたことがないとか、本気で言ってるなら張り倒すわよ」

「あたしたちのほうが、って言ったじゃん！　あたしだって、ひまりのことかわいいと思ってますぅ！　さすがあたしの妹ってくらいにはセンスいいし、オシャレだし！」

「どうしてアンタの妹だからなのよ。それにひまりはセンスがよくてオシャレなだけじゃなくて、料理の才能もあるし、アンタと違って勉強もできるのよ。さすが私の妹」

「どこで張りあってんの⁉」

このシスコン！とふうちゃんは取りあわない。いつもなら上ふたりの姉妹ゲンカがはじまると焦ってしまう私だけど、話題が私自身のことだけに、ふたりを止めることもなくぽかんとしていた。

さすが私の妹、って……なに。それって私、ふたりにほめられた、の……？

「とにかく、ひまりはもっと自信持っていいのよ。むしろ持ってくれないと困るわ」

「そうそう。なんたってあたしたちふたりの妹なんだからー……って、言うよりやっちゃったほうが早いかあ」

ふうちゃんがニヤリと笑うから、ベッドの下を見ると大きな黒いアルミボックスが置いてある。それがなんであるかなんて、私が知らないはずがなかった。お姉ちゃん愛用のメイクボックス。その中には厳選された究極の化粧品とメイク道具が入っている。

さっき言ってた準備万端って、まさか。冗談、でしょ……。

「ばっちりメイクするなんていやだからね!?」

なにが楽しくてそんなこと！　いち早く危険を察知した私は、ベッドのすみまで身を引いた。

「いつもどおりがわかんないっていうのは、態度のことで！　見た目じゃないから！　顔をいじったところで変わらないから！」

必死で訴えているのに、美人でかわいいふたりの姉は顔を見合わせ、家族の誰とも似ていない妹の表情をおかしそうに見て笑うだけ。

「大丈夫よ。メイクっていうのは、かわいくなるためだけにするものじゃないから」

私の気持ちを汲《く》んだかのように微笑んだお姉ちゃんの手は、確実にメイクボックスへと伸びていた。

——ああ。今すぐこの場から消えてしまいたい。

周囲の視線を感じるのもあるけど、朝から家族総出で見送られたダメージが思いのほか大きい。ふたりの姉には時間いっぱい全身をもてあそばれ、お母さんはわざわざ私の好物ばかりの朝食を作るし、お父さんは車で学校まで送ってくれた。

ムダにプレッシャーかかっただけなんですけど……！

ああもう、消えたい帰りたい教室行きたくない。

いつもより遅く着いたと思ったら、いちばん登校する人が多い時間帯だった。ありえない。めっちゃ視線感じる。下駄箱でまごついてもよけいに怪《あや》しまれるだけだろうから、行くけど。視線がとにかく痛い。ひそひそと話題にされている気もする。

「ねえ……あれって」

そうだよ高遠陽鞠ですよ‼　どこをどう見たって疑いようないじゃんか！

走りだしたい気持ちをこらえて、誰の声も視線も拾わないよう足早に教室へ向かう。本当に、疑問でしかない。もとがメイク映《ば》えするような顔じゃないんだから、鏡を見たってどちら様⁉なんて劇的な変貌《へんぼう》は遂げなかったのに。

それでも、目新しさを感じてしまったのは、どうしてなんだろう。

『メイクは顔だけにあらず！』と、カーディガンを貸してくれたと思ったら、スカートやハイソックスの長さまで微調整してきたふうちゃんは、出来上がりを見て満足そうだった。

髪に伸ばした指が、するりと毛先まで通るだけで落ち着かない。

「お、おはよ……」

教室に入って一直線に咲のもとへ行けば、大きく目を見開かれたままなにも言われないから、うつむいた。

視線、視線、視線、視線。痛いくらいつき刺さるものに負けそうになった時。

「何事⁉」

至極当然《しごく》——とは思いたくないけど、正しい反応を返された。

「ね、寝坊して……」

「寝坊⁉　たしかに咲が来たらいなかったけど、その姿のどのへんが寝坊よ⁉」

咲は立ちあがって、私の腕を振り回しながら前にうしろと全身くまなく調べてくる。

うう……無言で見られるのもいやだけど、つっこまずにはいられない状態なのかと思うと恥ずかしくなってきた。

ひととおりチェックし終えたのか、咲は「ふぅん」と意味ありげにつぶやき、再びイスに腰かける。

「それでなんで、いつもより小綺麗になってんのよ」

それっていつもは小汚いってこと⁉

「ヒイ！」ショックを受けた私の顔をのぞきこむ、もうひとつの影に飛びあがる。

「おー！　やっぱひまりじゃんっ」

いぶかしげな表情が笑顔になったことで、それがふっくんだと気づく。誰かと思った、なんて言われるくらい、変わったのかな。

「お、おはよう……」

「おっすー。てか、なになに、髪おろしてるなんてめずらしーじゃん！　すっげえ久々に見た！」

「咲も最初誰かと思ったし。いや、ひまりなのはわかるけど。ひまりじゃないっていうか……メイク？は、とくに変わってないよね。肌か。下地が違うの？　むしろ美容液？　どっから見てもさらツヤだし……やっぱ髪型かな。オイル使った？　アイロンしてるよね」

「女子って、いろいろすげえなー」

「違いのわからない男子は引っこんでろ」

「ひでえ言い草だな‼　俺にだってわかるわ！」

……ほめられてる。の、かな。わりと顔を合わせてすぐ、金曜日のことをつっこまれる覚悟はしていたんだけど、そんな様子もない。

私のことでぎゃあぎゃあ言いあうふたりに、思わず髪を押さえる。

「へ、ヘンじゃや、ない？」

「ヘンじゃない！」

ぴたりと合った呼吸で言い切られ、恥ずかしさが膨らんだけど、逃げだしたい気持ちにはならなかった。

「ありがとう」

本当だ。メイクって、かわいくなるためだけにするものじゃないみたい。

「ねえ、どこの下地使ってんの？　それとも化粧水の時点から違うの⁉　このカーデの手ざわりもヤバいんだけど！」

「……えっと、お姉ちゃんに聞いとくね。遊ばれたんだ、実は」

「ひまりのお姉ちゃん何者⁉　弟子入りしたいんですけど！　なに使ったのか今すぐ聞いて、今すぐっ。気になって授業どころじゃない〜っ」

早く、と急かすメイク好きの咲に笑いながら、携帯を取りだした。

気分が高揚《こうよう》してる。ヘアメイクをしてもらっただけで、大きな変化はないのに……ふたりにほめられただけで、いつもよりしゃんとしなきゃって気持ちになった。

「いやー。でもほんとすげえ。髪おろすだけで印象変わるのな！　思ってたより長いし、かわいーじゃんっ」

「ほ、ほんと……？」

「マジマジ！　こりゃメグも……」

屈託《くったく》ない笑顔が、一瞬でサッと青ざめる。

「やっべ……」

顔のパーツをきゅっとまん中に寄せたような表情をするふっくんの心境は読めない。

でも、じとりと背中に汗がにじんだのは、学校に行きづらかった本来の理由が思い浮かんだからだ。自分のことにいっぱいで、意識を割《さ》く余裕がなかった。

「俺ついに、やられるかも……」

「はあ？　誰が得すんのよ」

「バッカおまえ……最近のキレッぷりは、泣きたくなるほどコエーんだぞ」

ぼんやりとふたりの会話が耳に入りつつも、体温が下がっていくような感覚に、ぎゅうっとお腹の前で手を組んだ。

柊、くん……。

二日ぶりに顔を合わせた彼はとまどいも見せず、まっすぐ私を見ていた。

……やっぱり。近くに小鷹くんが立っていても、イスに座って頬づえをついている柊くんだけが、私には瞳の中で弾けるくらいの輝きをまとっている。

ぱっと逸らした顔が、内側から熱くなるよう。

どう思われたかな……。今日の私は。……この前の、私は。


「高遠さん、なんか今日かわいいねーっ」

体育の時間。校庭で咲と話しこんでいたら、同じくドッジボールに参加していないクラスメイトが声をかけてきた。教室で目立つ子たちではないけれど、いつも楽しそうにすごしている仲良しふたり組だ。

ええっと……たしかふんわりボブが舞《まい》ちゃんで、ポニーテールがみっちゃん、で……今、かわいいって言われた？

「マイマイと話してたんだー。あたしも髪おろしたらイケんじゃない⁉って」

「みっちゃんはズボラだから、髪おろしても逆効果な気がするけどねえ」

「だってポニテがいちばん楽なんだもんー」

快活そうなみっちゃんと、穏《おだ》やかそうなマイマイが近くに腰かける。私は普段、咲とばっかりいるから、四人で輪になるって新鮮だ。

「あー、やっぱ近くで見ると違うわー。高遠さんかわいいね」

「かっ……⁉」

「あはは。みっちゃん、高遠さんみたいな子タイプだから。私は森《もり》さんみたいな子が好きー」

タイプ？ 好き？ あ、なんか女優さんで誰が好みかみたいな話⁉

「……咲でいいよ。咲も、マイマイは同じ匂《にお》いがすると思ってた」

「ね～。なんかわかるよねえ。って言っても、確信したのは金曜なんだけどね」

「金曜？ ……傘？」

「そう、傘！ あれの別バージョン持ってるんだあ」

初対面の人には結構無愛想な咲が盛りあがっている。めずらしい光景だなあと思っていると、みっちゃんに袖を引っぱられた。

「ね、あたしも高遠さんのこと名前で呼んでいい？」

「えっ。うん、どうぞ！　……ていうか、知っててくれたんだ」

「知ってるよーっ。ひまりんタイプだもん！」

……おおう。女子とはいえ、照れるな。そんなこと初めて言われたかも。

「あたしも髪おろしてみよっかなー。でもなあ。セットしなきゃいけないじゃん？　あたしギリギリまで寝てたいからさー。毎朝どのくらいかかるもんなの？」

「あ、今日はお姉ちゃんにやってもらったから……結んでる時は五分くらいで終わるけど」

「うわー五分か。一分一秒でも長く寝てたいあたしには、無理ゲー……」

「みっちゃんが寝坊して家を出るまでの時間と一緒だもんねぇ」

マイマイが衝撃の事実を言うと、咲が吹きだした。

「早っ！　それヤバいって！」

「あたしの女子力の低さ、ナメんなよ？」

自慢することか、なんて咲が茶化《ちゃか》すけど、私もがんばればできそうだなあ……なんて思ったことは言わないでおこう。

「メグーッ!!」

ひときわ高く歓声があがり、私たちの会話が止まる。

見るまでもない。校庭では男子の試合が行われていて、やれ防御だ攻撃だと応援する横居さんたちのほうが目立っていた。

「なになに？　白熱中？」

「いつもと変わりないと思うよー」

興味深そうにみっちゃんが首を伸ばすも、マイマイの言うとおり、試合状況がどうであろうと応援するのが通例だ。

「勘違いした福嗣がはりきるの図」

……そうね。それも、あるある。おもに柊くんと小鷹くんを応援してるんだろうけど、ふっくん含めてほかの男子も悪い気はしないはず。

授業での試合にしては、かなり盛りあがってるほうだと思う。

キャーッと応援に勤しんでいた女子グループが、飛び跳ねたり、手を取りあったりする。ということは、柊くんたちが勝ったんだろう。

試合が終わっても横居さんたちに囲まれる柊くんたちの様子は、教室にいる時と変わりない。笑顔で、楽しそうに、わいわいと……世界の中心が、そこであるみたいに。

長く吹かれた笛の音に、顔をそむけたことをとがめられた気になった。

「散らばってないで、次！　女子の試合もやるよっ」

「えぇ～‼」

横居さんたちがまっ先に不満をもらすも、女性の体育教師は聞く耳を持たず、ほかの女子も呼び寄せはじめる。

体育は嫌いじゃないけど……これは、なあ……。

「ちょうど六対六！　いいね、燃える！」

「咲やりたくな～い。外野がいー」

自然と主役グループVSモブグループみたいになってる。いや勝手に振りわけちゃって失礼なんだけど、

「がんばれー！」

「負けたらジュースなー」

「はあ⁉　絶対勝つし！」

さっきまで応援される側だった男子たちが応援する側に回って、試合前から勝者が決まってるような雰囲気だ。

「じゃ、うちらが勝ってもジュースってことで！」

えっ⁉　気づけばみっちゃんがボールを持って、やる気満々の顔をしていた。

「おお？　張りあわれてんぞおまえら～」

「おもしれー！　じゃあ俺みっちゃんチームに加勢ー」

ええ!? 固まっていた応援団がやんやとわかれはじめ、「燃えてきたーっ」と笑うみっちゃんに、対する横居さんは「負けないしっ」とやる気を見せはじめる。

そういえばみっちゃんって、わりと誰とでも話してるかも。

「はいじゃあ、はじめるよ！ 顔面狙うのはなしだからねーっ」

ピーッと開始の笛が鳴り、ボールがコートを行き来するたび、歓声があがった。

ギャーとか、ワーとか。行けーとか、逃げろーとか。コートの中でも、外でも。

……いいのかな。

いいのかな、私が。こんな中心に混ざっていて。

「ひまりっ」

「――――！」

咲まで、ちょっと真剣な顔。

「高遠さんがボール持った！」

「やったれひまりーん！」

自分に向けられる声援に不慣れで、ボールはあっけなくとられてしまったけれど。

「やべえ高遠さんの守備力ハンパねえ！」

「このままじゃ負けるじゃん！ 足狙って、足！」

「攻撃はあたしにまかせろー！」

応援も敵味方も入り乱れる試合では、目の前の情報しか頭に入ってこなくて。夢中になっていて。

「勝ったー！　ジュースーッ‼」

「わー、やったあ！」

笛の音とともに、みっちゃんやマイマイが駆け寄ってきて初めて、試合に勝ったことを実感した。

「つーかひまりん、ボールよけのプロかって！」

「ねー。私なんてすぐ当てられたのに」

プロ……。そうなんだ、私、よけるのうまいんだ。

「疲れたー」と咲がうしろから抱きついてくると、「あーっ負けたー！」と対戦相手だった女子も数人やってくる。

「高遠ちゃん何者⁉　攻撃弱いのに守備最強かよ！」

「あっはは！　対戦相手にまで言われてるしっ」

いつの間にか応援してくれていた男子たちも、おつかれ、と声をかけてきた。

「おつー。見てて楽しかったわー、みっちゃんの剛速球！」

「それな！　いやでもＭＶＰは高遠ちゃんじゃね？」

「マジでかすりもしねえ、よけ方な」

わいわいと人が集まって、私のことやジュースの話題が飛びかう状況は、ただ呆気《あっけ》にとられるばかり。

なんか……すごいな。ジャージを着ていてもどことなくオシャレに見える人たちがこんなに集まると、目がチカチカする。そして私は目立たないようにしていたつもりが、逆に目立ってしまっていたという……。でも、楽しかったな。

「片づけっかー」

「おもしろかったねー。高遠ちゃんの意外な一面も見れたし」

「次は男女混合でやろうなーっ」

きらきら輝く人たちが、ずっと留まりたいと思うほどの魅力は変わらずない私だけれど。私のクラスは明るくて、優しくていい人も多くいるみたい。

いつの間にか『高遠ちゃん』とか呼ばれちゃっているし。普通に話しかけられて、笑顔を向けられて。なんだか胸の奥が、むずむずする。見える景色は同じはずなのに、いつもよりずっと明るい気がした。

どうしてみんなに混ざれないなんて……世界が違うなんて、勝手に線引きしていたんだろう。

関われればこんなにも世界は光を取りこんで、色づく。

――これが、柊くんのいるところ。私、少しは、近づけたかな。

「復活したと思ったら、またネガティブモード？」

飲み物を買いにいく途中、咲が顔をしかめた。

「いや……ならない。なりません」

「自分に言い聞かせてる時点でアウトだと思いまーす」

どこまでも正論……！　うぬう、と反論できない私は頭を抱えたくてしょうがない。

楽しかったドッジボールの試合のあと、集まってくれたクラスメイトのなかには、横居さんの姿はもちろん、柊くんもいなかった。離れた場所でふっくんたちと座っていた柊くんへ、横居さんともうひとりが歩み寄っていくことには気づいていたけれど。

結局みんなが片づけに移っても、ＭＶＰとまで言われた私の守備力の高さを柊くんと話題にすることはなかった。

いつもなら、まっ先に話の輪に入ってきそうなのに。

「私、たぶん、ていうか絶対……避けられてるよね」

「そりゃあね。好きな子に初めて拒絶されちゃあね。さすがのメグでも気まずいんじゃなーい？」

「……やっぱ、知ってたんだ」

「知ってるっていうか、見たよね」

「見たの!?」

「だって咲が先にひまりを追いかけたじゃん。待ってもらえなかった挙句メグに抜かされたけど。つまり置いて帰られた咲の悲しさはジュース一本じゃ癒《いや》されない」

「ご、ごめん……つつしんでおごらせていただきます」

有言実行。希望のオレンジジュースをおごったものの、まだ癒されない咲は、昼休みに私を中庭に連れていき、ここ最近あったことを話すように迫った。

といっても、咲は金曜日の昼間にあったことは耳にしていたようで、だからこそ化学室でふたり組の男子に噛みつき、放課後は横居さんたちに毒を吐《は》いたそうなんだけれど。

「なにも聞いてこないから、知らないか、放ってくれてるんだと思ってた」

「それ、そっくりそのまま返すわー。なにも話してこないから、知られたくないか、放っといて欲しいのかと思ってたし」

中庭のベンチで話しこんでいた私たちは、ようやくお弁当に手をつける。

「まあ、最終的に放ってくれてはないけどね」

「なに？　横居がメグの膝に座ってるって焚《た》きつけたことを言ってんの？　それとも今聞きだしたことを言ってんの？　咲的にはほめられはしても怒られる覚えはない」

つんとすます咲には、怒るどころか申し訳なさを感じるくらいだ。

「ごめん、ありがとう。私、咲には助けてもらってばっかりだよね」

「べっつにー。咲は、言いたいこと言わないと気がすまないだけだし」

でも、それで救われたこと、いっぱいある。

きっと咲は私の知らないところでも、いろんな人に立ち向かってくれているんだろうな。

だから私も、自分で立ち向かえるようにならなくちゃいけないって、思う。

今できることを、考えるべきだと思う。

「私が話しかけたら……柊くん、いやがるかな」

デートの事実を隠していた理由も知らなくて。先に目を逸らされて、直接ノートも返してもらえなくて。それなのに、泣きそうな私に気づいて、追いかけてきてくれて。

逃げてしまった私を柊くんは追及することもなければ、避けてるとさえ感じるのに。

朝だけはまっすぐ、顔を合わせてくれた。

わけのわからないままでいるのは、いやだ。なんで？って思ったことを人づてに聞くのは、もっといや。

「べつに話しかけるのはいいと思うけど、なにを話すわけ？」

わずかに間をあけ、咲は首をかしげて続ける。

「だってひまり、彼女とか無理ってメグに言ったんでしょ。冗談だからもう一回考えさせてね~とか言うの？　鬼だな」

「そんなこと言うわけないじゃん‼」

ビックリしてつい大声を出してしまった。中庭にはほかの生徒もいるので、心持ち声をひそめる。

「そういうことじゃなくて……っこう、なんていうか、謝罪《しゃざい》を」

「はあ？　いらねー！」

「いやまちがった！　そうじゃなくてっ。なんであんなことを言ったのかっていう……謝罪を」

ずんと肩を落とせば、あやまりたくてしょうがないという私の気持ちは察してもらえた。

「けど、なんで無理なのかっていう理由はメグも知りたいだろーね。咲から言わせてもらえば、そんなことって感じだけど。さんざん聞かせられたし、さんざんフォローしたのに」

「うう……だってさぁ~」

「あーハイハイ。でもまあよかったんじゃない。保留にした原因がわかって」

「……うん」

それはよかった、とは心の底から言えない。でも受け入れたなら、あとは立ち向かうだけだ。簡単なことじゃないけど、なにもしない自分でいるよりはずっとマシ。

「で？　いつ話しかける気なの。言っとくけど横居の奴マジで調子乗ってるから。SPかってくらいだから。メグが話しかけてくるとも思えないし。どうすんの」

それが問題、なんだよねえ……。

「ガードかたすぎじゃない⁉」

「だから言ったじゃん。SPかってくらいだってさー」

理解していたつもりが生半可《なまはんか》だった。

昼休みのあと二回あった休み時間に、柊くんへ話しかけるタイミングを探ったものの、横居さんが壁となって視界に入れることも困難だった。

今も教室でべったり張りついている。残されたチャンスは帰りのHRが終わった時。部活へ行ってしまう前に、なんとか……。

「ダメだ。あの人壁を越える自分が想像できない」

ずーっと一緒にいるんだもん。ちらちら私の動向を探るような視線まで向けてくるし。時間がある時にちょっと話したいって伝えたいだけなのに、まさかこんなに苦戦するなんて。

「はー……今日は厳しいかなあ」

「そこはひまりがSP横居を突破できるかにかかってる」

突破したいのはやまやまなんだけど、かかってくる圧がね。尋常《じんじょう》じゃない気がするんだよ。まあでも、部活中までくっついてはいられないだろうし、そこまで横居さんも本気出してこないでしょう。

「高遠ちゃ〜ん！」

余裕で本気出してきちゃったなあああ……！

帰りのHRが終わると、横居さんが笑顔で話しかけてきた。

そろそろ私が無理にでも割って入ってくると予想しての行動なら、だいぶ恐ろしい。あざとさで言えばクラス一だ。

「な、なんでしょうか」

「え〜？　なんでそんな緊張してんの？　ウケるーっ」

スマイル〇《ゼロ》円ってほんとだなあ……私にとって横居さんの笑顔はむしろマイナス。借金した気分。これって牽制されてるんだろうけど、正直それどころじゃない。

「あの、私、今ちょっと……」

目を向けた先で、柊くんはスポーツバッグを肩にかけていた。その姿も横居さん本人が身体を使ってさえぎってくるから、今日はあきらめるしかなさそうだ。

いったいなんだっていうんだろう。

目を合わせた私からあきらめを感じ取ったのか、横居さんは微笑を浮かべる。

「この前の続きなんだけどさ。どーしても、いや？　一枚でいいの！　メグが写ってるの欲しいんだよ〜！　貴重だし！　……ダメ？」

両手を合わせてお願いしてくる横居さんを見つめながら、綺麗な人だなと思う。

自然にカールしたまつげは大きな瞳を強調させていて、パールの入ったチークやパウダーはツヤを生んで、毛先を巻いたロングヘアは私があと二年は伸ばさないと得られない。

私が横居さんと並んだら、確実に見劣りする。

あのプリクラだって、写っているのが私じゃなくて横居さんだったら、みんなから笑われたりしない。お似合いだってみんな口にするだろう。

……そんなふうになりたかった。かわいくて明るくて、みんなに愛されるような。自信にあふれてきらきら輝くような、そんな女の子に。だけど、望んでいるだけじゃ私はここから抜けだせない。踏みだせない。柊くんを追いかけるための、一歩を。

「ね、高遠ちゃん。いいでしょ？　お願いっ」

八の字になった眉の下で上目をつかわれ、うなずきそうになった顔を左右に振った。

「恥ずかしいから、あげられない」

「ええ？　なんで〜？　恥ずかしくないよ。あの高遠ちゃんかわいかったじゃーん」

心のもやもやは消えない。綺麗なものに対する憧れも、妬ましさも、抱えたままだけど。私を助けようとしてくれる想いや、好きだと言ってくれた想いのほうが、何百倍も大事。その想いを大事にしたいから、息をするようにウソをつかれたって、悲しくなんかなってやらない。

あの私がかわいい、なんて。

「思ってもないこと、言わなくていいのに」

横居さんの笑顔が引きつったのと、そばに控えていた咲が吹きだしたのは、ほぼ同時だった。きっと横居さんが話しかけてきた時から笑いをこらえていたんだと思う。

「そんなに笑うところかなあ……」

笑いすぎて、みっちゃんとマイマイが楽しげに近寄ってきてるんだけど。

「だって、普通ド直球でそんなふうに返さないし！　そりゃ返す言葉もないわ！」

それって本当にかわいく見えないってことじゃん。いいけど、せめてブサイクではないってフォローしてよ。

「なになに？　おもしろいこと〜？」

「いやあ……ひまり、我慢《がまん》強いとは思ってたけど、なかなか気も強かったわ」

肩を揺らして笑う咲は、理解できていないみっちゃんに「ヤバいよ？」とまで言う。

「かわいいって言われて、思ってもないこと言わなくていいとか！　普通、面と向かって言える!?　咲でもないのにっ……だから好き！」

「えーっ！　なんで、ひまりんかわいいじゃんか！　あたしが言ったこと信じてないの⁉」

「えっ⁉　いやそれとはまた違うっていうか……もう、咲！　話をややこしくしないでっ」

「は～……笑いすぎて疲れた。アイラインにじんでない？」

「大丈夫だよ～」とマイマイにチェックしてもらった咲に、言いたいことはまだあるけど、今はただ心強いなって笑えてしまうんだから、私も大概《たいがい》だ。

「よくわかってないんだけど、ひまりん、横居っちとバトル中なん？」

気づけば、もう付き合ってられないと見切られたのか横居さんの姿はなく、小首をかしげるみっちゃんに苦笑する。

「バトルっていうか、リングにも立たせてもらえそうになかったって感じ、かな」

「あ～。横居っち、今日はいちだんとメグにべったりだったもんねえ。好きなのかな？」

「そんなことより、ひまり今日どうすんの？　あきらめて帰るの？」

興味ないと言わんばかりに、咲が話題を変える。私は興味あるけど、今考えても仕方ないことではある。だって、まだ間に合うかもって気持ちを捨てられない。

「……ちょっと、追いかけてみる」

がらも手を振ってくれる。

「うん。また明日ね」とカバンを持てば、みっちゃんとマイマイは不思議そうにしながらも手を振ってくれる。

背を向けたあと、「ひまりん今日なんかあんの?」という声が聞こえたから、あればいいよね、と心の中で答えた。

柊くんに話したい、たくさんのことがある。十分の休み時間じゃ足りないくらいのこと。話したいことだけが頭にあって、話の切りだし方も考えてなくて。ほとんど勢いだけでやろうとしてるって、わかっているのに。

今日じゃなきゃダメだって、止まらないんだ。

# Ⅶ　きらめきは今も

「──あれ？　ひまりじゃん。どうしたー」

体育館への渡り廊下を歩いている途中、部室棟のほうから横切ってきたのはバスケ部の人たちだった。ぞろぞろと校庭へ向かう人たちのなかでふっくんが立ち止まり、私が歩み寄るのを待ってくれた。

「ふっくん……！　あの、もう部活はじまるっ？」

「んーん。まだ。ストレッチしたあとランニングだから、準備できた奴から集まってるだけー」

「そっか……」

さっきの集団に柊くんはいなかった。もう校庭に行っちゃったかな。

「メグに用か？」

「ぶわあ！　ビビったあああ！」

突然の発言に飛びのいたふっくんの隣に現れたのは小鷹くん。……ってことは。

「メグならまだ部室に」

部室棟へ目をやった私はほっと息をついた。

「めずらしーな。小鷹があと何分って言わないとか」

「今日のメグはなにをしたいのか読めないんだよ。のろのろ着替えて、乗り気じゃないみたいだから置いてきた」

「ふーん？　体調でも悪いのかね。まあ金曜から機嫌はよくないもんなーっ」

悪気なく笑ってからはっとするふっくんは、眉を曇らせた小鷹くんから目を逸らす。

同時に小さく、ごめんなさいと言ったような……。

ため息をついた小鷹くんに視線を向けられ、ぴくりと身体が反応する。

「気にしなくていい」

「あは……うん、大丈夫」

なんて、半分はウソ。気にならないはずがない。

「あの、ふたりとも……金曜日、昼間のことだけど……ヘンな空気にしちゃって、ごめんね」

あの時、横居さんたちが来てから私はほとんどうつむいたままで、周りのことまで気が回らなかった。ふっくんは驚くだけ驚いて、小鷹くんはひとことも発していなかったと思うけど、柊くんはあの時から機嫌がよさそうではなかったから。

「か、勘違いならいいんだ。ただ、もし、気まずかったり、居心地《いごこち》悪くしてたら、申し訳なかったなって」

「いや、あれは、もとはと言えば俺が悪かった」

ストップ、と言うように小鷹くんは手のひらを突きだす。

「デートしたのかなんて、こいつの前で尋ねるべきじゃなかった」

「ちょ、俺が悪者ぉ!? 言いたいことはわかるけども! 隠してたメグにだって一因はあるだろっ」

「隠すことになった元凶《げんきょう》はおまえじゃないのか」

「ちげーし俺だけじゃねーし……! そもそもムダにモテるメグが悪いんですぅーっ」

「それもバカげてると思うがな」

ふっくんに向いてるはずの小鷹くんの瞳は、別のものを見ているかのように細められ、私へ戻ってくる。

「自分の恋愛なんだから好きにすればいいのにな。状況ばかり気にして二の足を踏むなんて、時間と労力のムダだ」

「……」

「はあ……これだから時短マニアの断捨離《だんしゃり》野郎は! 小鷹に恋愛の甘酸《あまず》っぱさがわかるか? いやわからない! 俺が懇切丁寧《こんせつていねい》に教えてやろう! いいか今のメグとひまりの状況はいわば男女のかけひきというっ」

「ごめん、そういう感じじゃない」

私はきっぱり言い切った。

「さえぎるなよおおおおお!!」

申し訳ないとは思ってる。でもかけひきとか、本当にそんなんじゃないんだ。素直になれなかった。不安ばっかり募らせて、逃げだしてしまった私が、悪い。だからこの前のこと、ちゃんとあやまって、話すんだ。抱き続けた不安も、生まれたばかりの希望も、全部。

……うん。だから、大丈夫。気になって引っかかることは、ひとつひとつ解きほぐしていけばいい。

「なんかちょっとスッキリした。ありがとう、ふたりとも」

笑いかけるとふたりは面食らったようだけど、私は胸の奥でたなびいていた靄《もや》が晴れていくようだった。

「ま、まあ、ひまりが元気そうでよかったよな！　なっ」

「……なにをうろたえてるんだ。気色悪い」

「そういうこと言うなよ、傷つくだろ！　女子に笑顔でありがとうなんてうれしいじゃんか！　ひまりだとしても！」

「ちょっと、どういう意味」

つっこみながらも笑っていたら、視界のすみに部室から出てきた人影を捉《とら》え、心臓がどきんと大きく脈打つ。

こ、の、緊張は考えてなかった……！

話したいことがあるって、勢いだけで来ちゃったから……なんて切りだせばいいのか。

とにかく声をかけないとはじまらない。

けれどこちらへ向かってくる柊くんは、不自然なほど私たちを見ようとしない。

「メグやっと来たじゃん。おーい。おせえぞー……って、え、おい、まさかのスルー⁉」

歩調を変えずに渡り廊下を横切ろうとした柊くんは、ふっくんと顔を合わせても立ち止まることはなかった。

「先行ってる」

「いや俺らは待ってねーよ！　待ってたのは」

「柊くん……っ！」

わずかに、止まってくれたように見えた。だけど柊くんは確実に私から離れていく。

「おいマジか……」

呆気にとられているふっくんの横で私はゆっくりとうつむき、無視されたことを静かに受け止めていた。

わかってた。避けられているってことくらい。

胸がちくちく痛むけど、聞いてもらえない可能性がでてきただけ。それなら私は、

「出直したほうが、いいね」

今日じゃダメだったみたい。そりゃそうだ。私ひとりが意気込んでも、柊くんは話したくない気持ちでいっぱいかもしれないんだから。

だけど、いつまで？

「明日なら、いいかなあ……」

ダメだったらどうしよう。いつになれば聞いてもらえるだろう。あさって？　来週？　もしかしたら、そんな日はこなかったりして。

……おかしいな。たしかにちょっとはショックだったけど、なんで……。

「──っ俺やっぱ呼び戻して」というふっくんの言葉が終わらないうちに、突然腕をつかまれ、身体が反転した。

涙でにじむ視界に、見覚えのあるバッシュケースが揺れていた。真新しいそれは、先週の土曜日に買ったもの。

「……」

柊くんは、私の腕をつかんだまま歩いていく。見上げた先で、陽に透けた黒髪がふわりと揺れている。うしろ姿で表情も見えなくて、会話だってできていないのに。腕をつかむ手の熱さに、涙がこぼれそうになった。

「ひ、らぎ、く……」

聞こえていないかも。声にすらなっていなかったかも。

だけど、私の手首を引く力は絶対的なもので、逆らおうなんて少しも思えなかった。どこへ行くのか、どうして引き返してきたのか。私とは顔も合わせたくないんじゃなかったのか。わからないことだらけでも、聞きたいことを飲みこんでも、引かれるがまま歩いた。

届かなくていい。もう話したくないって言われてもいいから……もう一度、私を見て欲しかった。

校舎へ踏みいったあと、柊くんは廊下のいちばん奥——外へつながるドアのある場所まで進んだ。

前を通ったどの教室からも話し声が聞こえてきて、まだ居残っている生徒が多くいるんだと頭のすみで思った。

これじゃあ目立ってしょうがない。そう感じたのは柊くんも同じだったのか、どこかの教室に入るでもなく、私たちは外へと出た。

「なにやってんだろ……」

そうつぶやいた柊くんに腕を離され、うつむいていた私はその背中へ目を向ける。

ベランダのような場所には三段の階段があり、私は柊くんが降りるのを黙って見ていた。

うしろに長く続く廊下では、生徒たちの笑い声や足音が響いている。

……ほんと、なにしてるんだろうね、私たち。柊くんはどうしたいの？　私を見ないまま、なにを考えてる？　……私、ここにいていいのかな。

「……」

階段に腰かけた私は、沈黙を守っていた柊くんが振り返り、息を飲む気配を感じた。

「なんで……」

ぽつりと落とされた否定的な疑念に、答えることはしなかった。

柊くんがどうしたいかわからなくたって、私はここにいたい。なにを言われても、どんな結果になっても、私には話したいことがある。

もう逃げないって、決めたから。

「ひまりは俺のこと、苦手だろ」

久しぶりに近距離で目を合わせた柊くんの顔は、悲壮《ひそう》感に満ちていた。

驚きはあったけれど答えることなく彼を見上げ、耳をかたむける。そういう私の態度が、柊くんをよぶんに悲しませたのかもしれないと話を聞いて思った。

「話しかければ笑ってくれるし、誘えば乗ってくれるけど……嫌われてないって感じるだけで、それ以上のことは、なんにもなくて……最初はそれでいいって思ってた。困らせてるって気づいてたけど、俺のこと、少しでも好いてくれれば、それでいいって」

でも、今は、違う。

柊くんは悲しそうに、それでも自分を奮《ふる》いたたせるみたいに、声音を強めた。

「割りこんで欲しいんだ。俺が誰といても、隣に来て欲しいって。話しかけて欲しいって……意地になるくらい」

金曜日、今日と。視線を逸らされたのがウソみたいにまっすぐ見つめられて、なんとも言えない気持ちがこみあげる。

避けられていたように見えたのは、気まずかったとか、怒っていたわけじゃなくて……私を、待ってた？　だから朝は、私を見て……。

「ひまりは俺のこと、住む世界が違うって思ってるのかもしれないけど、俺にとってのひまりだって、そうだよ」

騒いだり目立つような行動はしないけど、私をいつも楽しそうだと言う。

授業中は真面目に先生の話を聞いていて、当てられると正解するほうが多くて、まちがえると少し恥ずかしそうで。咲といる時は聞き役に見えるけど、実はそうでもなく、じゃれているように見えると。

「俺と違うって思うところは、あるけど。同じ空間にいて、授業受けて、友達だっていて、楽しそうなのは一緒なのに。……なんで、離れた場所にいるんだろうって。

ずっと不思議だった」

……不思議なことなんてなにもないはずなのに、どうしてだろうね。私も同じこと、思ってた。そう多くはないとしても、違う部分ひとつひとつの差が大きすぎて。住む世界が違うって、こんなに近くにいても遠い存在だって、何回も、何十回も思ってた。だけど今日、知ったんだよ。ドッジボールの試合が終わったあと、私が勝手に線引きして関わろうとしなかっただけなんだって。

……柊くんはそんなこと、なかったよね。

関わらなければ知ることもなく、自分の空想だけで世界は保たれていたはずなのに。変化も不変もお構いなしに、関われば育つ想いだけをひたむきに追いかけていた。

「ねえ。俺はさ、教室でも、体育の時間でも、校舎のどこにいたって、ひまりのこと探してるんだよ」

そうしていつも、声をかけてくれたよね。なにかあるたびそばに来て、笑いかけてくれた。きっかけがなくたって、そこに私がいれば。

「最初は、止められたりもしたけどね。咲には、とくに」

「……、咲？」

「告白したばっかの時、本気なのかって呼びだされたよ。どうでもいいけどって言う割には、すごい剣幕《けんまく》で。咲が一緒にいる時に話しかけろ、って。それがいやなら、アンタが守れって。できないなら、認めないって。……似たようなこと、小鷹にも言われた」

「小鷹くん、にも……?」

当惑しながら聞き返せば、柊くんは苦笑いする。

「福嗣にまで。……前にさ、ひまりが登校するの駅で待ってたことあったろ? そんなのほかの奴に見られたら、騒がれて、邪魔されるのがオチだろって。最初は心配されたんだけど、仕方ないから協力してやるって」

話を聞いてから、気づくなんて。……見守られていたんだ。私は、ずっと。

『おー……今日はちょっとな。早く出た』

あの時ふっくんは携帯をさわっていた。今電車に乗ったとか、柊くんに連絡していたのかもしれない。

『メグ待ちか?』

そう言って小鷹くんは、柊くんが来るまで一緒に待っていてくれた。

『だってあとでメグにバレて怒られたらムカつくし』

きっと咲は私の知らないところでも、いろんな人に立ち向かってくれているんだろうって、思ってはいたけど……。まさか柊くんを呼びだしていたなんて。

教えてよ、咲。言ってよ、みんな。私にもっと、ちゃんとしろって。

……ううん。そうじゃない。みんな、態度で示してくれていたじゃない。

誰も反対しなかった。柊くんと付き合うのはやめておけって言わなかった。咲も、小鷹くんも、ふっくんだって。口にしなくても気遣って、背中を押してくれていた。

それなのに……私は、こうなるまで、立ち止まってばかりだったんだ。

「俺だって、困らせるってわかってたけど。話しかけて近づくたんびに、ひまりは女子からにらまれるんだって、苦労するのはひまりのほうじゃないのかって、何回も言われたけど……我慢、とか、できない」

「……」

「無理だなんて、言うなよ」

涙が浮かんだ。

悲しそうで、悔しそうな柊くんの表情に、私は少しもがんばってないくせにって、自分でも思ったから。

「自信が……なくて」

すぐうつむいてしまう、自分。

地味だとか暗いとか、そんなふうに自分のことを見てはいないけど。柊くんや横居さんやお姉ちゃんたちと比べたら、どうしたって引け目を感じてしまう。

だから目立ちたくなくて、だけど柊くん相手じゃ目立たないほうがむずかしくて。

自分では比べるくせに、人に比べられるのは怖いなんて、甘えた話だけど。

「かわいく、ないから……バカにされるの、怖くて……」

関係ない、って。知ったことか、って。本当は大声で言ってしまいたいのに、臆《おく》病《びょう》風に吹かれてなにも言えなくなる。

『つりあわないとか、調子乗ってるとか。そういうことをひまりに言う奴がいたら、俺、今みたいに笑ってない』

「……柊くんはあの時、かばってくれたけど……そんなこと言わせちゃう自分が、恥ずかしくて」

かわいくなりたいと思った。隣を歩けそうにないから。

受け身でい続けちゃダメだと思った。置いていかれそうだったから。

全部自分のため。自分のことばかり大事で、柊くんの気持ちなんて考えていなかった。

「ごめんなさい……柊くんががんばってくれてるの、わかってたのに……」

待たせておいて、話しかけることができなかった。

あのきらきらした輪の中に飛びこむ勇気が、出なかった。

「苦手なんかじゃ、ないよ……。私だって本当は、割りこみたい。話しかけて、隣にいたいって思うけど……っ違和感しか、なくて」

想像できない。

柊くんの彼女になれたら、きっとすごく幸せだろうなって思うけど。想像上の彼女はいつだって輝いていて。私じゃない、柊くんの彼女ばかり頭に描いてきたから……どうしても、柊くんの彼女になる自分が想像できない。

「自慢できるような、彼女とか。恥ずかしくない、彼女とか……そういうふうになれる自信が、ないんだ」

こんな私を、いつまで好きでいてくれる？

どうしたら好きになってよかったと思ってくれる？

いったいどこを好きだなんて感じてくれたのかも知らないのに。

「ノート貸してくれて、ありがと」

「……」

「やっぱ、ひまりの字、綺麗だね。取り方もうまいし、わかりやすいし、また写させて欲しー……とか俺、借りすぎだよな」

……なん、で。

わずかに上げた視線の先で、柊くんのつま先がこちらへ近づいていた。

「次の試験、ヤバいかも。とくに英語と数学がヤバい。ひまり、得意じゃん。教えて欲しい……って、めんどいよな。ごめん」

ウソだ……こんなの。私はなにも答えてないのに、心臓がまとう緊張はあの時とまったく一緒だなんて。

「あー……なんていうか。勉強の話はどうでもよくて……いや、どうでもよくはないんだけど。それより大事な話があるとか、ないとか……なに言ってんだ俺」

どきどきした。どうしたんだろうって不安を感じた以上に、途切れ途切れに言葉を並べていた柊くんの緊張が伝わって、どきどきした。

あの時と違うのは、続きを知っているということ。座っている私の目線と合わせるように、柊くんがしゃがみこんだこと。

それから――。

「好き、なんだけど」

まぶしいくらいの日差しは真剣な柊くんの輪郭を縁どっていて、私の目には涙がにじんでいたこと。

「俺の彼女になってくれませんか」

二度目の告白は、少しも赤くなっていなかった。

あの日とは違う。場所も、時間も、状況だって。それでも変わらない想いが、手を伸ばせば届く距離にある。柊くん……ねえ、まだ、間に合うかな。心底ビックリしたあの日の私は、もういないけれど。

「……いつから……ていうか、なん、で……私？」

同じようなことを聞いた。だから柊くんは困ったように眉を下げて、微笑んでくれたんだと思う。もしかしたら私が涙目になっているせいかもしれないし、私もあの日を繰り返したせいかもしれないけど。

「なんでって、それ言わせる？」

柊くんはまだ、あの放課後をなぞるように続けてくれるから。

やり直したいと思う。もう一度だけ、夢のような出来事を。今度こそ、消えないように。

「きっかけ、とか……」

「あー……なんだろ。ひまり前にさ、でっかいリボン付いたゴムで髪結ってたじゃん。それが目に入って、なんとなく次の日も見たら、今度は小さいリボンになってて。もしかして毎日違うヘアゴム使ってんのかなーって……まあ、それから毎朝確認するのが日課になった、みたいな……」

「……」

「しょーもないだろ？」

そう照れくさそうに笑う柊くんに、私は――恋に落ちる一瞬のきらめきを知ったんだ。

あの日からずっと、柊くんだけが輝いて見えるのに。自信がなくて、勇気が出せなくて、思い出だけを作ろうとした。

やり直したいなんて、都合がよすぎるけど。無理です、って言っちゃったけど。いつだって私は柊くんの特別になりたいって、心の奥底から願ってしまうんだ。

「……ひまり」

頬にふれてくる柊くんの行動、その仕草、ひとつでも。

「あの時は言えなかったけど。俺、ひまりの好きなところ、いっぱいあるよ」

流れたひと筋の涙をぬぐわれ、胸がぎゅっと締めつけられる。

「きっかけはしょーもないけどさ……話すようになった最初の頃は、緊張されてるなって。それでも一生懸命、話してくれるんだなって。うれしかったし、かわいいなって思った」

こんなの、夢みたい。柊くんが私を見つめてる。私に、ふれてくれる。

「……今も、緊張、する」

「うん。ひまりかわいい」

「かっ……わいくない、よ……」

こうやってすぐ赤くなるの、やめたい。こういうことに慣れてませんって自分から教えているみたいで、心持ちうつむいた。すると柊くんの手が離れ、「でも」と言うから、視線を向ける。

「咲といる時のひまりとか、俺にも見せてくれたらいいのにって思うよ。……福嗣とは普通に話すじゃん。幼なじみみたいなもんだって聞いて納得してるけど、ふたりを前にすると仲良いなって。うらやましいなって、」

「……」

「ねえ。気づいてる？　俺が福嗣に嫉妬してること」

凛々《りり》しい瞳に射貫《いぬ》かれるようで、一瞬だけ息が止まった。

……え？　と思った時には疑問と回答が洪水のように頭の中に押し寄せる。

嫉妬……って、柊くんが？　ふっくんに？

『バッカおまえ……最近のキレッぷりは、泣きたくなるほどコエーんだぞ』

『クソ……メグ……貴様ぁ……』

ふっくんに対して当たりが強いなと思うことは何度かあった、けど。もしそれが私の知らない場所でも起こっていて、もっと前から嫉妬していたとしたら……。

『……元気なかったの？』

『ひまりが好きってこと』

かっと頬が熱を帯びる。

……まさか、そんな。デートした時も？　ふっくんに教えてもらったクレープを食べたいなんて言ったから？　あと、ほかに私なんて言ったっけ。ふっくんに彼女いてもおかしくないとか言わなかったっけ。

ぐるぐる考えている間も、柊くんは私の様子をうかがっていて、早く答えなければと焦った。

「え……と、ふっくんは、どっちかといえば女友達、みたいな感じで……。て、いうか……もしかして、柊くんが機嫌悪くなったのって、私がふっくんに、クレープ屋さんのお礼、言ったから……？」

おずおずと答えつつ尋ねれば、柊くんは口をへの字に曲げる。初めて見た、そんな顔。

「アイツ、ひまりになれなれしいんだもん。自分のほうが仲良いみたいに、すぐ話しかけるし、お菓子もらうし。俺だって少しは人の目気にしてんのに、そんなのバカらしくなるほど福嗣は気にしないし。声でかいし。言ったそばから忘れるし。なんなのアイツ、思い出したらまた腹立ってきた」

こ、ここぞとばかりに不満が……。

気に食わなそうに、すねた表情の柊くんは怖いどころか、かわいく見えた。

「ふたりに土曜日のこと話してなかったのって、どこに行ったか、言いたくなかったから……？」

さらに口をとがらせた柊くんは、少し間を置いてから「そうだよ」と認める。

「あの福嗣が、自分の手柄を人に言わずにいられるわけないじゃん。デートしてんじゃねえとか怒るくせに」

たしかにふっくんは自分をキューピッドだと言いふらしていて、なにかを期待してる節はあるけど……クレープ食べにいったことだけ黙ってればよかったんじゃ……。あ、でも、その前に私が小鷹くんに気づかせちゃったんだ。

「えと、ごめん……そこまで気が回らなくて」

「いいよ。俺が勝手に嫉妬してただけなんだから」

「や、でも……次は、気をつけるね」

経験がなさすぎて、ついふっくんに熱弁された案を採用してしまったうえに、ふっくんに教えてもらったなんて軽く話しちゃうとか……柊くんはいやだったんだな。気をつけよう……。

「——次？」

うん？　自分のダメっぷりから目の前の柊くんへ意識を向ける、と。柊くんの表情が驚きからうれしさに変わる瞬間を目の当たりにした。

……笑ってる。にんまり口の両端を上げてらっしゃる。なんで？　次？が、なに？

……次？

「――あっ！　いや、ちが、今のは、」

「違うの？」

「ち、違くはないけど……！」

「次は、ひまり発案のデートができるってことでしょ？」

「……っ」

「どこかな。楽しみだな」

しゃがんでいる柊くんは膝の上に頬づえをついて、目を細めて笑う。

思いがけないところで意地悪だよね、柊くんって。

そんなふうに言われたら否定できなくなる。自然に「次」と出てきたんだから、そういうことなんだけどさ。

「ひまりの、そういう、とりつくろおうとしないところが好き」

「……」

「無理に格好つけようとしない、背伸びしないところも。人に流されたりしない、自分をもってるところも。言いたいことは言いながら、人の気持ちを考えられるところも。それを自然体でできるひまりに、惹《ひ》かれた」

「きゅ、急だなあ……」

「そうやって赤くなって、小さくなるのも嫌いじゃない」

「ちょっともう、ホントにやだ……！」

こんなに熱くなるんだってくらい顔が！　顔が溶ける！

「なんでって聞いたのは、ひまりじゃんか」

「それはそうだけど……！」

赤くなるようなことを次々言われて赤面しないとか無理でしょ！　少なくとも私はしばらく顔を上げられませんよ！

「そういう、余裕のないところもいいって言ってるのに」

どういうこと!?　余裕のなさがいいっておかしくない!?　むしろそんなこと言っちゃう柊くんってなんなの！　余裕綽々《しゃくしゃく》ですか！

「わ、私は、これでも、必死でっ……柊くんからすれば、めずらしくておもしろいだろうけどっ」

「あー……いや、おもしろがってるんじゃなくて。なんていうかな……余裕あるフリをしないのがいいってこと」

ニュアンスが変わっただけで言ってること同じでは……。

「ひまりってさ、聞き流さないじゃん。都合悪いなら適当にごまかせばいいのに、逐《ちく》一《いち》反応してくれるから、つい」

「……おもしろがってるじゃん」

「ははっ！　そうかも」

じとりとにらんだ先で、柊くんは満面の笑みを浮かべていた。

その笑顔は、それまで感じていた不満なんてどうでもよくなるくらい、青空の下によく映えていて。

「そのままでいいってことだよ」

届いた言葉を反芻《はんすう》している間に、柊くんの笑みが穏やかな微笑みに変わった。

「恥ずかしいなんて、あるわけない。俺はひまりが隣を歩いてくれたらうれしい。彼女になってくれたら自慢したい。そんなことばっか考えてる」

まっすぐ見つめられてまた赤面しそうだったけれど、穏やかなんて表現はまちがっていたなと思う。

「あきらめないよ、俺」

いつかも見た、緊張も動揺もにじまない微笑みは、私の心をぎゅっと捕らえて離さない。ニカッと別人みたいに潑溂《はつらつ》とした笑顔に変わっても、今の私はずるいなんて思わなかった。

不思議だよね。好きなところを並べたてられても、本当にそんな私がいるのかなって思うのに、胸の奥はほっこりと温かくなって、信じてみたい気持ちになる。

これがわずかでも勇気に、自信へとつながるのなら。私はいつか自分のことも好きだって、好きになって欲しいって、胸を張って言えるようになるのかもしれない。

そうなりたい。今、この一瞬だけでもいいから。

「帰っかー」

立ちあがった柊くんはぐんと両腕を突きあげて伸びをし、私も腰をあげる。

「柊くんは部活でしょ」

「ええ……今日はもういいじゃん。今から行っても遅刻だし、部活って気分でもないし。着替えてくるから」

一緒に帰ろう、と言った柊くんに口を開く。

「せっかく部活、観にいこうと思ったのに」

このまま外から部室棟へ向かおうとしていた柊くんの表情が、どう反応していいのかわからないみたいに固まった。

追いかけられてばかりじゃ、いられないんだ。

「先、体育館行くね」

「……え？　え、なに、帰んないの⁉　観にくるって……っ緊張するんですけど！」

「あは。緊張するんだ」

「ちょちょ、待って！　準備運動とか、いやそもそも基礎トレが……っあと三十分後にして！」

困惑してる様子がぬぐえない柊くんにうなずくと、「絶対だからな⁉」と妙な念を押されてしまう。彼も彼で思うところがあるんだろうけど、なんだろうな、これ。してやったりな気分だ。

「三十分後ね。いってらっしゃい」

私は上ばきのままなので、ひらりと手を振れば、柊くんは悔しそうな、納得がいかないような顔をする。だけど口に出すことはせず、さっきよりは強気になった瞳で私を見ると、いってきますと背を向けた。

なんだかちょっと、かわいかったな。ダッシュで走りだした背中を見送りながら思う。

──好きです、柊くん。

この気持ちを、今度は私が伝えよう。柊くんの背中を追いかけて、隣にだって並んでみせるから。もう少しだけそのまま、待っていて。

# Ⅷ　白線の向こう側

追いかけると決めたはいいけど、人生そう易々とうまく運べるなら誰も苦労しないし、悩まないって話ですよ。

「メグゥーーーーッ！」

すこーんと頭に特大ハートがぶつかった気がして、ふらりと前線から離脱する。

「ん。ひまりん戻ってきた〜」

「なんで戻ってくんの。逃げんな。戦え」

「いや無理……」

マイマイと咲のもとへ引き返したところで、背後からはまた黄色い歓声があがる。

その近くで応援をするみっちゃんの隣でがんばってみたけど、慣れないことはすべきじゃないと悟った。

「大体にして立ち位置が悪すぎる。なんでメグの応援してんのに対戦チームの外野側に立ってたわけ？　しかもただつっ立ってるだけだし。なにやってんのってか、なにがしたかったの？　応援の場所取りで負けてんだから、モジモジしないで腹から声出せやっ、腹から！」

「咲ちゃん、そのへんでやめてあげて」

マイマイ天使……！　マシンガントークをやんわりと制された咲は、それ以上とがめてくることはなく、「甘やかしすぎ」と耳の痛くなる言葉で締めた。

ちらりと逃げだしてきた場所をうかがえば、柊くんを有するキラキラチーム（勝手に命名）がまぶしいほどの笑顔で試合を楽しんでいる。

そのかたわらには横居さん率いる柊くん親衛隊のみなさま方が、アイドルのコンサートかってくらい声援を送ってらっしゃる。

あれから一週間、体育で行われるドッジボールの練習試合では応援合戦が恒例になりつつあって、私も便乗してみるも、恥ずかしさが邪魔をしてうまく応援できないでいる。

腹から声……腹から……私、そんなにモジモジしてたかな。

想像したら消えたくなってきた。

いや、でも。応援だけをしたかったわけじゃないというか……まあ咲の言うとおり、割りこめなかった時点で負けてるんですけどね！

「はあああ……」

長く重いため息をこぼせば、背後で試合終了のホイッスルが鳴り、コート周辺の騒がしさが増しているのは見なくてもわかった。

このまま第二試合もやったりするんだろうか。それとも女子と交代かな。うわあ、それはいやだ。今横居さんと対戦したら、追跡機能ついてるのかってくらい執拗《しつよう》に狙われそう。でも私、ボールよけるの得意だしな。もしかしたら勝てるかも？　いやそんなことより、誰のどんな試合になろうと、次こそ私もあの応援の輪の中に……！

「わ」

割って入るんだ！と意気込み、立ちあがった私が振り返ると、なぜかまうしろにいた柊くんの驚いた顔と鉢《はち》合わせた。

「はは。すごいタイミング」

あまりの至近距離にのけぞった私へ向けられる、ほがらかな笑顔。

ギュン！　胸がギュンッてなった‼　なんでよ。いつも見てるのに！

「ごめん。ビックリさせた」

「こっちこそ……！　ど、どうかしたっ？」

「ひまりはどうしたの」

へあ？　声は出さなかったものの間抜けな顔をした私に、柊くんは「急に立ちあがって」と続ける。

「あ、ああ……えと、試合終わったみたいだから、私も……がんばろう、かと」

なぜ……そんなにうれしそうな笑みを浮かべていらっしゃるのか。

「俺も次、また試合」

「そう、なんだ……？」

つまり男子の第二試合ってことだから、私の出番なさゲーム。

「じゃあ応援に」

「男女混合ゲームすることになったから」

「……へ？」

だからなぜそんなにうれしそう……ていうか今、男女混合って言った？　そして手を、つかまれた？

「えっ⁉　えっ、ウソでしょ、待って……私⁉」

先ほどまで試合が行われていたコート内にみっちゃんや小鷹くんの姿が見えて、あのチームに入るんだと理解した。

むり無理ムリ‼　相手コートに横居さんがいるよ⁉　いやよける自信はあるけども！　あくまで女子対女子を想定していたのであって！

「足引っぱる姿しか思い浮かばない‼」

「がんばるんでしょ」

ヒィイイと逃げ腰になっている私に見向いた柊くんは、やっぱり笑顔のまま。

……たしかに、がんばろうかとは、言ったけど。

「それとこれとはさあ！」

「ははっ。大丈夫、だいじょーぶ」

なにを根拠《こんきょ》に‼

「怖かったら、俺が守ってあげる」

コート近くまで引っぱられて、そんなことを言う柊くんと向きあう。そのうしろにはみっちゃんやふっくん、小鷹くんが私を待ってくれていた。

「ひまりーん！　勝つよ！　なんなら勝ったも同然だしね！」

「最悪ひまりが最後まで逃げきってくれれば、俺ら存分に戦えるっていうな！」

「おまえは外野スタートでは」

「外野も大事なポジションですうー！」

どう考えても最強チーム……に、私なんかが入るとか。どういうことなの。戦略としてはかなりミスでしょ。私、逃げるしか能がないよ？　むしろまっ先に狙われるかもよ？

「……」

それでも、いいや。負けたっていい。一緒に楽しめたなら、きっと柊くんはそれだけで、笑いかけてくれる。

足もとの白線を越えるまで、あと半歩。向こう側まで数十センチのこの境界線を、私は自分の意志で、踏み越えた。

「最っ悪！　また負けたぁー！」

わーい、と勝った喜びをみっちゃんとハイタッチでわかちあっていると、味方も敵もコートのまん中に自然と集まった。

意外や意外。今回も、楽しかった。なにより試合のせいじゃなく、柊くんにときめきすぎて、ちょっと疲れてしまったのが自分でもおかしい。

男子の攻撃から私を守ってくれようとした柊くんは、何度目かにボールをキャッチしそこね、外野に行くことになった不甲斐なさからかあやまってくれたんだけれど。その時、みっちゃんにも小鷹くんにも『あの速さならひまりはよけられる』って言われて、『ひまりマジかよ!』ってショックを受けながらも、どこか楽しそうな柊くんがいちばんかわいかった。

うう……思い出すだけで胸がぎゅってなる。

「わはは。これでまたジュースゲットー」

「なんなの!　ていうかメグも手かげんしてよぉ～っ」

思い出してキュンキュンしてる場合じゃなかった。気づけば、横居さんがすばやく柊くんへお得意のボディータッチを炸裂《さくれつ》させている。

「小鷹が本気だったからつられた」

「俺を巻きこむな」

いやそうな小鷹くんにけらけら笑う柊くんは気づいているのかな。横居さんの、気持ち。

「ていうか、やっぱ最強だよね。ひまりんの変わらない守備力」

「それな！　最後まで逃げきってくれればいいと思ってたけど、俺ら外野が攻撃できないから、そろそろボール取ってくんね⁉って言ったらさ」

「えっ、ハイ！って難なくボール取っちゃってさ。キャッチできたんかい‼ってね。あれは笑ったわー」

みっちゃんとふっくんの会話に、敵チームの男女も同意して笑ってくれる。横居さんが「えー」と不満げな顔で柊くんの横に立っているので、私はなにも口に出せず。

「高遠ちゃんは守備専門だから当たらずにすんだけどぉ。あたしだってボール奪ったり、最後までがんばったのにー」

「その爪でよくボール扱えるな」

「もう慣れたし。かわいくなーい？」

小鷹くんのひとことでうまく自分の話題へ転換した横居さんは、自身の綺麗なネイルアートを見せびらかしはじめた。

興味深げにのぞきこむ柊くんも柊くんだけど、その間にフフンと私に視線をよこす横居さんもあざといというか……ちょっと悔しい。私もネイルしようかなあ。

「あーあ。また邪魔されちゃったね」

「昔っからなんだよ。イケメンには金魚のフン」

……驚いた。いつも横居さんと一緒にいる——私と柊くんのプリクラを見て騒いだ男女が、私に話しかけてきたから。

「え、と……？」

「なになにー。金魚のフンって、横居っちが？」

とまどう私をおいて、そばにいたみっちゃんが話に参加する。そうだよーって、そんな軽く返されても……。

ふたりはどうやら横居さんと小中同じ学校だったらしく、彼女のことをよく知っているようだった。

「とにかくイケメンが大好物なの。見てのとおり、放っとくとお気に入りへ一直線」

「しかも自分がいちばん最初に見つけたんだーって、敵対心まる出しな。俺らはあきれを通り越して笑っちゃうけど」

「メグも優しいよねえ。ちょっとくらい冷たくしたって、傷つかないよって言ってんのにさ」

……えーと。つまり、どういうこと？

私とみっちゃんの視線が交差し、同じ疑問を抱いていることがわかる。

「横居っちって、メグが好きなんじゃないの？」

そう、それ。どう考えても好きだよね？

「好きも好き。大好き！　ダントツでお気にだもんねー」

「……お気に入りっていうのは……恋愛、的な意味、じゃなく……？」

少しの沈黙のあと、ふたりからどっと笑いが起こる。

「あはは！　やっぱそうなるよね！」

「アイツ、見た目は美人だからな。中身はまるきり幼稚園児のままだけど」

「好きなのは本当だけど、子どもがおもちゃを独り占めしたがるような感じ？　ぶっちゃけ、私たちもよくわかんないんだよねー。またか、って放ってるくらいだからっ」

「ええ？　それってメグからしたらいい迷惑じゃん」

たしかにそうかもしれないんだけど……横居さんのこと、楽しそうに話す人たちだなあって思ってしまった。

「だからさ、メグには無視していいよって言ってんの。でも、高遠ちゃんにも言っておいたほうがいいかなーって。ね」

「あれはもう性分だからなー。邪魔されて腹立つかもしんないけど」

悪意のない笑顔が、大目に見てやって、と言っているようで。

「……横居さんとも仲良くできたら、いいんだけど」

なんて返してしまう私は、やっぱり甘いかも。

それでも私には私の世界があって、横居さんには横居さんの世界が続いているように、なににも縛られず、我慢することなく。私は自分なりにがんばれたら、それでいい。


単純なことじゃないけど、いつだって物事を複雑にしてしまうのは自分の気持ち。むずかしく考えない。それが目下の、目標。

自信のなさを柊くんに打ち明けてから、気持ちが吹っ切れた部分は少なからず増えたんだ。クラスメイトとの距離が変わってきたような気がするのも、私自身が変わりはじめているんだって思いたい。

大丈夫。急がなくていい。ゆっくりでも、着実に進むんだ。

これがきっと本当の、はじめの一歩。

「もう一回！　しようっ」

柊くんたちに、というより横居さんに向けて言った形になってしまった。はあ？って怪訝《けげん》な顔をされましたけど、あとには引けないっていうか、引くもんか！

「……絶対負けないし」

おおう。マイナス一度の圧力……。でも、もう一回試合、してくれるんだ。

「次は、お、同じチームで！」

「はあ⁉　高遠ちゃんが同じチームにいたら、あたしの実力が出せないじゃんっ」

どんだけ全力で私をつぶそうとしてるんだ、この人‼

衝撃を受けた私をおいて、「次は勝つよ！」とチームメイトを招集する横居さんのタフネスと言ったら……見習うべきかも。

「次は負けるかもね」

ひょっこりと顔をのぞいてきた柊くんの顔がほころんでいる。

すぐそばにいたんだから、少しくらい反応してくると予想はしていたけれど。そんなにうれしそうにされると、調子に乗ってしまいそう。

「勝つもん」

「お。言ったね」

「柊くんこそ、三連続でスタミナ切れなんて言わせないからね」

「あ、クソ。気にしてたことをっ」

バスケ部のスタミナ見せてやる、と笑った柊くんに胸を高鳴らせながら、自陣に戻る。

空は快晴。胸がすくような青空に、なんだか気分も爽快。

あいにく夕方から雨らしいけれど、今日はちゃんと傘を持ってるか聞こうと思う。

あきらめないなんて、私だって同じなんだから。

先日の土砂降りがウソみたいな好晴《こうせい》の昼下がり。台風一過だね、と話していると、一緒にお弁当を食べていた咲の名前が呼ばれた。

「どうしてそんなに弁当を食べるのが遅いんだ」

歩み寄ってきた小鷹くんは、まだ半分ほど残っている咲のお弁当を見て、眉間にしわを刻んだ。

「はあ～？　関係ないじゃん。ていうか咲のこと名前で呼ぶのやめてくんない？」

「関係ある。実行委員は昼休みが終わる十五分前に視聴覚室に集合だと言われただろ。苗字で呼ぶなって最初に言ったのはおまえだったと思うがどっちなんだ」

相変わらず必要最低限のことしか言わない小鷹くんに、咲の表情が険《けわ》しくなる。

「うざいわあ……いちいち真面目に答えなくていいし、昼休み終わるまでまだ二十五分あるっての」

「正確には二十二分な。五分前行動。常識だろ」

「はあ？　昼休みの五分がどれだけ貴重かわかって言ってんの？　これだから日本人は働きすぎとか言われんだわ！　あーもうなんって咲が実行委員なんてめんどいことしなきゃいけないわけ!?　よりによって同じくらいめんどくさい小鷹と一緒！　ありえないし！　マジ無理！」

「無理でもやるしかないだろ」

「あーホントやだぁー。ひまり代わってよーっ」

「私バイトあるから無理」

昨日で終息したかに思えた咲のグチは、再びマシンガンの銃弾となって教室に降り注ぐ。これは学園祭が終わるまで続くな。

昨日のLHRで決まった学園祭実行委員。立候補制では誰も挙手《きょしゅ》しなかったため、『決まらないと帰れないぞー』という担任のひとことに、小鷹くんが『やります』と声をあげた。それはもう不機嫌そうに、大きなため息をこぼして。

女子はなかなか決まらず、結局くじ引きで決めることになり、うらみっこなしで咲が当選してしまった。

言っちゃなんだけど、最悪な組み合わせだと思う。

だらけてなんぼの咲と、時短や効率って言葉が大好きな小鷹くんでしょ？　反発しあうことは必至《ひっし》だと思っていたけど、まさかここまで相性が悪いとは。

「ほら、もう二十分切っちゃうよ。五分前行動がモットーなんでしょ。さっさと行けば。てかどうせ顔合わせだけでしょ？　小鷹ひとりで充分じゃん。咲はお弁当食べるのに忙しいし、食べおわってもメイク直しで忙しい」

「全員で顔合わせしなかったことで今後、円滑《えんかつ》に作業が進まなくなったらどうするんだ」

「どうにでもなりやがれって感じですが。ていうかどうしたの。その、先を見越しすぎな計画性ってなんなの。一周回ってアホなの？　普通そこまで考えないし」

「考えてるから言ってるんだろ。弁当なら視聴覚室で食べればいい。実行委員の仕事も果たせるうえに、食欲も満たせて効率がいい」

「はあ？　アンタが言ってるのは、全校集会中にひとりで弁当食えってことと同じだからね？　効率よくても印象よくないってことくらい、少し考えればわかるじゃん。バカじゃないの。時間だの効率だの考えすぎ。それを強《し》いられる咲は窮屈《きゅうくつ》極まりない。つまりアンタは心がせまい」

よくもまあ息継ぎもせず、そこまで罵倒《ばとう》できるものだ。次から次へと浴びせられた罵詈雑言《ばりぞうごん》に小鷹くんは不快そうにするわけでもなく。むしろ感心するようなまなざしで咲を見つめ、腕を組んだ。

「本当、ひとこともふたこともよけいな奴だな。もっとムダなくしゃべれないのか。うらむなら自分のくじ運の悪さをうらめばいいものを」

なるほど。彼はつまり、咲の小鷹くんへの態度はやつ当たりだと思っているのか。きっと、ここは自分が大人にならねば、くらい思っていそう。

鳩が豆鉄砲《まめでっぽう》を食らったような顔をしていた咲は、何度目かの「はあ!?」を小鷹くんへ発射する。

「アンタにだけは言われたくないんですけど⁉」

「……俺は自分から立候補したんだが？」

「くじ運のことじゃないわよ‼　ひとこともふたこともよけいな奴だなってこと！」

ダンッと机を叩いた咲は、ぐったりと頭をたれる。

小鷹くんって何気に天然だからね。怒りながらそんな人を相手にするのはエネルギーを消耗《しょうもう》しそう。もちろん小鷹くんは解《げ》せないようで眉をひそめているけれど、彼がそんな理解不能な出来事に時間を割くわけもなく。

「行くぞ。視聴覚室で弁当を食いたくないなら、予鈴五分前に切りあげてもらうようにすればいい」

フォークを取りあげられ弁当箱のふたまで閉められたら、さすがの咲も観念したみたい。

「絶対、予鈴五分前に切りあげられるようにしなさいよね」

「顔合わせと簡潔なスケジュールの説明だけなら、十分あれば十分だろ」

「行ってくるわ～……」

重い腰をあげた咲に手を振り、ふたりの背中を見送る。残された私は弁当箱を片づけ、お茶をひとくち飲んでから、ちらりとベランダに目をやる。

待ってましたと言わんばかりに、ベランダに立つ柊くんが手招きをしてきた。咲の声は大きいし、きっと様子をうかがってると思っていた。

私は念のためあたりを見回し、手招きされたのが自分だと確認してから柊くんのもとへ向かった。

クラスの出し物もだけど、学園祭、ふたりでなにをしよう？

「ごめん‼」

顔の前で両手を合わせた柊くんがあやまるわけは、運動部ならではの理由だった。

「じゃあ、一緒に回るのは厳しいかもね……」

「ごめん、俺から誘っといて、ホンットごめん！」

「仕方ねーって。バスケ部でも出し物するなんて、俺らも今さっき聞いたんだからよー」

横からふっくんがフォローする。携帯を揺らすふっくんの言うとおり、バスケ部は毎年お店を出すのが通例になっているらしかった。クラスの出し物に参加するのは自由だけど、部の活動を優先するように、と連絡が入ったのだとか。

全員強制参加でお店を出すのは野球部くらいかと思ってたんだけどなあ。

運動部のことはくわしくないけど、柊くんがクラスの出し物に不参加なんて、クラスメイトが許すはずない。

「残念だけど、こればっかりは仕方ないよ」

と私はなぐさめるけど。

「そうかもしんないけどさぁ～……」

「バスケ部のお店も行くから」

「んあー」と頭を抱える柊くんには、しばらくなにを言ってもムダかもしれない。

告白されてから、初めて迎える大きな学校行事。私だって一緒に回りたかったけど、前半はバスケ部、後半はクラスに参加となれば、ふたりで回れる時間を確保するのは厳しそう。だから柊くんはあやまったんだろうし……。

それがなくとも柊くんは人気者だから、主役としてひっぱりだこに決まってる。

ああ……学園祭で背景に溶けこむ自分の姿が容易に想像できちゃうな……。

ベランダでしゃがみこむ三人の間に、沈黙がやってくる。

「まあまあ！　そう落ち込むなって！　バスケ部優先っても一日中拘束《こうそく》されるわけじゃねーんだから、クラスの出し物には一緒に参加できんべ？」

ふっくんは柊くんの肩を抱きながら、心なしか弾んだ声で言う。すると、

「でもあきらめねーわ」

首をたれていた柊くんが決意したように、強いまなざしを私に注いだ。

「一時間でも三十分でも、空き時間は絶対に作るから」

「……、えっと……」

返事につまって目を泳がせるけれど、そこには気恥ずかしそうに首筋をかいている柊くんがいて。上がった心拍数が、胸の奥をちりちりと刺すようだった。

「む、無理しなくていいよ？」

「無理でも無茶でもするってのっ」

急に立ちあがった柊くんは、私に背を向ける。

さわさわと草木を揺らす風は、柊くんの髪をさらって赤くなった耳を見せてくれた。どき、どき。伝染するわけないのに、私の耳まで熱を帯びるから困ってしまう。

「……おいメグ。俺が今、ものすごくいたたまれない気分だってこと、気づいてるか？」

その場の雰囲気に抗《あらが》うようにふっくんが口をはさむけれど、柊くんは背を向けたまま。

「気づいてるよ。おまえ邪魔だもん」

「クッソ！　学園祭前だからってどいつもこいつもふわっふわしやがって‼　今に見てろ、俺だってなあ……。俺の彼女になりたい人この指とーまれ！」

叫びながら教室へ駆けこむふっくんに、「半泣きで言うことか」と振り返った柊くん。教室内ではふっくんに対してもっとひどい返答が飛びかっていたけれど、私は目が合うまで柊くんを見つめ、はにかみながら人差し指を立てた。

「一緒に回る時間、できれば一時間がいいなーと思う人」

この指、とまれ。

「……」

ふわりと微笑んだ柊くんは膝をかがめ、私の人差し指をつかむと口もとまで引き寄せる。指の先に柊くんの唇がふれた感触がして、細められた柊くんの瞳も妖《あや》しげに輝いて見え、背筋に震えが走った。

「うれしいけど、福嗣のマネしたから、減点」

「――っ」

やや、やっぱり、指が……っくち、唇に‼ ヒイ！

「はな、離してっ！」

言ったそばからなんで恋人つなぎに変えるの‼ 向きあっておかしいでしょ‼

ぎゅってしないで、手汗かく‼ 握り返せるわけないのに‼

「……赤くなった」

「なるよ！ なんなの急に！」

「ひまりがうれしくなること言うから？ あと、ちょっと意地悪したくなった」

「心臓に悪いからやめてっ」

くすくす笑う柊くんは本当につかみどころがない。気まぐれっていうか。唐突すぎるよ。ふっくんのマネしたから減点、って。なにそれ、ときめきすぎて爆散するかもしれない。

幼なじみみたいなものだってわかっているうえでやきもちを焼いて、隠そうともしなくなって。束縛《そくばく》じみたそのやわらかな行動制限を、愛しく感じてしまうだなんて。

「もう無理……」

「無理って言うの禁止」

「……じゃあ、タイム」

「そうきたか」

本当はタイムなんか取らずに、今すぐにでも柊くんの胸に飛びつきたいけれど、つなげられた手を振りはらわないようにするのが精いっぱいで。

「まっ赤だ」

と、とろけそうな笑みを浮かべる柊くんへのどきどきに、慣れなくちゃって思った。

「うわあああもおおおおお！」

学校が終わり、私は自分の部屋で暴れていた。クッションをベッドへ叩きつけても
この気持ちは収まらず、ベッドへダイブし足をばたつかせて、やっと少し落ち着く。

「あぁもう好き……かわいい……好き！」

「また興奮するからやめなよ」

「だっていちいちかわいいんだもん！　かと思えばかっこいいんだよ！　無理死ぬ‼」

「……たまりにたまってたものが爆発してる感じだよね」

お互いに。と咲がため息まじりに言うから、クッションへ強く顔を押しつけた。そうしないと、また想いがあふれでそうになる。

今日はたまたま咲と時間が合ったから、放課後、私のうちで女子会しようってことになって、聞いてくれる人がいたからよかったけれど。

「こんなこと柊くんに言えないぃい」

「言えないじゃなくて、さっさと付き合いなよ。今度はなにをためらってんの？　ていうか、なんで仲直りした時に言わなかったのよ。もしかして両想いだけど付き合う寸前、の空気楽しんでんの？　咲的にいちばんうざいタイプだわー」

「そんなんじゃないし、うざいってひどいな！」

「じゃあなんなのよ。メグの吹っ切れたような笑顔光線が、いいかげんまぶしくてうっとうしいんだけど」

「……っだから、その笑顔が私にも強烈なの！　直視できないし、どきどきしちゃって息も止まりそうだしっ」

「ひまりの経験不足が悪いんじゃないの」

ごもっともすぎて、ぐうの音も出ない！

「それはそうなんだけど……早いとこ慣れないと、心臓がもたないっていうか。柊くんばっかりいつも余裕な感じで、悔しいのもある、みたいな」

「余裕かあ？　まあ、ひまりよりは上手なところあるけど。全部が全部思惑《おもわく》どおりってわけでもないでしょ。ひまりはどうしたいの？　てか、ひまりはいつ告んの？」

「つっこんでくるなあ……」

「なら、どうしたいのかだけ教えてよ。咲はひまりがとっくにメグのこと好きだとか、告ろうとしてるとか、意識してないと、そのうち口が滑《すべ》る」

咲ならやりかねないって思わせること自体すごいけど、それ、いちばんやっちゃいけないやつだからね！

「メグに告白して付き合うってのが着地点だろうけどさ。そこに行くまでに、なにがしたいわけ？」

「なにがしたい、っていうより……必要、なんだよね」

「付き合う前のイチャコラ期間が？　小鷹が聞いたら時間のムダ使いって言いそう」

咲も言いたげな顔してますけどね……。

「イチャつきたいわけじゃなくてさあ。なんていうか……もっと知っておきたいんだよね。私の場合、あんまり学校で柊くんとすごしたことがないから。最近やっと前より一緒にいられるようになって、それがイチャ、イチャ……してるように見えるのかも、だけど」

「自分で言って照れないでよ」

「だって私はそんなつもりないんだもん！」

はいウソ！　ちょっとは思ってましたけどね！　人目がなきゃデレデレしてますけどね！

「違うの、楽しいならそれがいちばんいいんだけど、柊くんのこと、友達としてじゃなくて、好きな人として知りたいのっ」

「横居が邪魔くさいとかね」

「いやっ……うん、それはもう認めるけども……！」

認めるんだ、と笑う咲には通じないかもしれない。でも、そういうことも含めて、知りたいと思う。彼女になる前にもっと、柊くんのこと。

彼女になる、なんて決まってること自体が特殊なケースだと思うし、なれるって決まっている恋愛もあると知っていても。私は、初めてだから。

「自信を持って、好きって言いたいんだ。私がＯＫすればいい話だっていうのも、わかるし……贅沢《ぜいたく》な悩みかもしれないんだけど。自分から、彼女にしてくださいって言えるようになるまで、がんばってみたくて」

やっぱり私はまだ、がんばったとは思えなくて。もう私を好きだと言ってくれてる人に、なにをがんばるんだって感じだけど。

「も、もっと、好きになって欲しい、って……私でも柊くんのこと、夢中にさせられるかな、とか……好きになってよかったって、思って欲しく、て……」

「……まっ赤なんですけど」

「やっぱり⁉ なんでだろう、最近ホントすぐ赤くなっちゃうんだよね‼」

「それだけ好きってことか」

両手で頬を押さえる私に、咲はあきれた顔をするでもなく、まるで柊くんみたいに優しい笑みを浮かべる。

「かわい」

「……、咲ぃいい～！」

「うわ。やめて」と、抱きつこうとした私をいやがるけれど、ときめいたから練習台にしてやった。ぎゅーって。柊くんはこんなにやわらかくないだろうな、なんて想像しながら。なんやかんや言っていつも話を聞いてくれる咲へ、感謝の気持ちもこめて。

「咲。私、がんばるからね」

時間の勝負だ。怖気《おじけ》づくな。この一瞬、一秒の遅れが勝敗を分ける。ひるむな。前進あるのみ。さあ行くんだ、ひまり‼

「うわっ、ビッ……クリしたー」

柊くんがビクッと肩を揺らした。差しだすのに夢中で名前を呼び忘れたらしい。そりゃ急に背後からずいっと得体《えたい》のしれない袋が現れたらビックリするよ！

「はは。どうしたの、ひまり」

家庭科室から踏みだしたばかりの廊下で立ち止まり、柊くんは私が差しだした焼菓子を見つめる。今日の課題で作ったマドレーヌだ。

横居さんがばっちりラッピングをしていたけれど、私だって準備だけは万端だった。先手必勝かのごとく、柊くんが席を立った瞬間に追いかけて、無言で差しだしちゃったのは猛省してる。

べつにあとでもよかったんだけど……一度くらい、誰よりも先に渡してみたかった。

「もしかして、くれるの？」

「……うん。私の班は、チョコマドレーヌだから」

「ああ。だからチョコの匂いしてたのか……っていうか今日の実習、プレーンだったよね？」

「ひまりは勝手に自分のだけ作り変えたんだよ。材料持参で。しかも超スパルタ。咲も食べたいなんて言わなきゃよかった。手伝わされてえらいめにあった」

横から咲が説明すると、「マジで？」と笑われた。咲がスパルタとか言うから！

「そういえば、ひまりのバイト先ってケーキ屋だっけ」

「うん、そう……」

「やっぱお菓子作るの好きなんだなー」

そんなことより早く受け取ってもらわないと！　今にも横居さんに体当たりで邪魔される予感しかしない！

「えと、あ、今度みんなで食べにきてくれると……」

その瞬間。どーん！と予感的中すぎる体当たりを食らった私は、ふっくんにぶつかり、さらに小鷹くんまで巻きこんで倒れかかり、咲に「ドミノか」と笑われた。

「メグあたしのも食べてーっ」

私が食い散らかしてやりたいくらいなんですけどネッ‼

大丈夫？と私に声をかけてくれたあと、柊くんはもの言いたげに横居さんと向きあう。

「……横居さあ」

「だって、あたしがいちばんにメグに渡したかったのに、高遠ちゃんが抜け駆けするから！　あたしのだって食べてくれてもいいじゃん！」

「いや、うん……食べないとは言ってないけど。危ないだろー」

ていうか私もまだ渡せてないんですけど……なんだろうこの、横居さんの扱いに慣れきった会話。ふたりっていつも、こんな感じなのかな。

「あとで食べるから。机にでも置いといてくれれば、貰うから」

落ち着けと言いたげな柊くんに、横居さんは小さな子どもみたいにムスッとしている。

「いらないなら、いらないって言えばいいじゃん！　そういう気遣いはね、逆に傷つくんだからっ」

「ええ……腹減るし、気遣いとかじゃなくて、くれるならありがたく食べるけど」

「またそうやって！　メグは誰にでも優しいから、勘違い女子を生むんだよ！　そのまま高遠ちゃんに嫌われろ！」

「おまっ……縁起《えんぎ》でもないことを」

「なんならあたしのせいでギクシャクしちゃえっ」

フンッとそっぽを向いて、マドレーヌを持ったまま教室へ戻っていく横居さんを、幼なじみのふたりが、私たちへ『ごめんね』と言うように手をかざしてから追いかけていく。

「なに、今の。横居ごときでギクシャクしないっつーの」

「ごときって！」

咲の言葉に吹きだすふっくんもなかなか失礼だけど、たしかになんだったのか。

よく一緒にいるふたりの会話を間近で聞いたのは初めてで、想像と違ったせいか意外でしかない。もっとこう、猛アタックされてると思っていた。好き好きアピールがないわけじゃ、なかったけど。どちらかといえば、ファンってより、ファンクラブの会長、みたいな。それかマネージャー？　あ、しっくりきた。

「横居はな……自分が正義みたいなところがなあ……」

柊くんがぼやくと、すかさず小鷹くんが持論を展開する。

「でもおまえ、女嫌いになるとまでは言わないけど、横居が自分以外の女を蹴散《けち》らしてなきゃ、四六時中《しろくじちゅう》囲まれてとっくに人疲れしてるんじゃないのか」

「……」

言葉を失ってしまった柊くんは、さらに、「言われてみればそうかもなー」と同意したふっくんに目を見開いた。

「え、ちょっと待ってやめて。なんかそれ俺のダメージが大きいっていうかイメージダウンじゃない⁉」

「わはは。落ちろ落ちろ。そしてモテなくなれ」

「まあ俺がイメージダウンしたところで、福嗣ほどではないからいいか」

「ふっざけんな傷つくわ‼」

威嚇《いかく》する小動物のようなふっくんに対して、からかうのが当たり前みたいな柊くんと小鷹くんの笑顔。三人の様子はいたって日常的なものに見える。

横居さんって私にだけじゃなくて、ほかの女子にも牽制してるのかな。あの言い方からして、柊くんの身の振り方にも細かく注文をつけているみたいだったし……。

「横居って、気に入ったイケメンは自分の理想どおりでいて欲しいらしいよ。顔が好きだから、中身や態度も自分好みでいてくれないと、いやなんだって」

「……、そうなんだ」

「今、横居はメグのタイプじゃないなって思ったでしょ」

ニヤリと指摘してくる咲に、動揺が遅れてやってくる。

「っそ、そんなことはない‼」

「どーだか。ねー？」

ヒイ！　いつのまにか三人ともこっち見てるし‼

「なにが？」と首をかしげる柊くんの口角が上がってるのは、私と咲の会話を聞かれていたからじゃない！　そう信じたい！

「な、なんでもないっ」

「えー」って柊くんはわかるけど、なんで咲のセリフまでかぶるんだ！　よけいなことは言わないで！

「これ！　あげるからっ」

まだ気にしている素振りを見せる柊くんへ、渡しそこねたままだったマドレーヌを押しつける。まるで、これ以上追及するのはやめてくださいと言わんばかりの行動に、単に知らんぷりすればよかっただけなんじゃと後悔したけれど。そんなもやもやした思いも一瞬で吹き飛ばす、柊くんの笑顔。

匂いなんかかいでもチョコの香りしかしないだろうに……。

すると柊くんはなにか企《たくら》むような笑みを浮かべたので、少し身構えた。

「ひまり以外のは食べちゃダメって言わないの？」

これだからモテる人は。そんなこと聞いて、私にどうして欲しいんだろう。ダメって言われたいの？　赤面して欲しいの？

「……言わない」

言ってもいい気持ちだし、すでに軽く赤面しちゃってるし、こんな展開、まったく予定になかったけど。ちょっと残念そうな柊くんに、反撃するくらいの勇気は、ある。

「言わないよ。だって私のがいちばん、おいしいはずだもん」

技術的な意味ではなく、気持ち的な面で。

言葉の意味を柊くんが理解するまで数秒あったように思う。だけどそれは私も同じで、言ってからボンッと恥ずかしさが爆発する。

うわあもう私、なに言っちゃってんの。これじゃあ反撃になってないし！　顔あっつ！

くしゃり。突然、恥ずかしさのあまりうつむいていた私の前髪がなでられる。

「……」

顔を上げた私と目が合うと、柊くんはぽんぽんと何度か私の頭を叩いてから歩きだす。返事はなかったけど、気恥ずかしそうな、それでいて私にやられたっていう悔しそうな表情が気持ちを代弁してくれていた。

「……勝った」

遠くなる背中へつぶやく。咲は「勝ち負けなの？」と楽しげに問い、私は頬をだらしなくほころばせる。

「柊くんのこと、前よりちょっとわかったかも」

横居さんみたいに、私にだって、好きな人にして欲しいことや、こうであって欲しいと願うことはある。

柊くんからのアタックにはうろたえてばかりで、無理って言うし、予想外のことだってやめて欲しいって思うけど。それ以上に好きな部分が。憧れる部分が。愛しいと思う部分が、あるから。

柊くんにはいつでも自由で、飾らない自分でいて欲しい。

私の理想どおりじゃなくていい。ちょっとくらいダメなところがあったっていい。かっこつけていたっていいの。

そういう柊くんを見つけて、知って、好きって言いたいな。


九月下旬、肌寒くなったり暑さが戻ってきたり。体調管理を心がけるようにと、そこかしこで耳にするようになった頃。クラスにはちょっとした衝撃が走った。

「アスレチック!?」

黒板にそう書いた咲と、教壇に立つ小鷹くんは、騒ぎはじめたクラスメイトに対して申し訳なさそうにするでもなく、淡々とことの経緯《けいい》を説明する。

なぜ、先日の学園祭実行委員会で決まるはずだったクラスの出し物が、希望していたものとまったく別のものに変わっているのか。

「まず、希望の〝イケメンカフェ〟は上級生のクラスとかぶっていることと、全学年合わせて飲食系が多すぎるとのことで却下《きやっか》された」

「学園祭で飲食系は鉄板だろー！」

「一年だからダメって納得いかなくない？」

各々《おのおの》が不平不満をもらすなか、私はちらりと柊くんの様子をうかがう。驚いた顔をしていたけれど、近くの男子に話しかけられると苦笑していた。

これは……柊くんはメインにすえられることはなくなった、と思っていいのかな。

すると、ぴしっと手を挙げて、「ちょっと待った！」と声を荒らげたふっくんが視界に入った。

「第二希望のゾンビ屋敷は⁉ 俺そっちやりたかったんだけど！」

浮かれたカップルをビビらせたいがためにね。

「残念だが内容がバイオレンスすぎると、資料提出した時点で却下されたな」

いったい小鷹くんはどれだけ詳細な資料を提出したんだろう。おめーのせいだよって咲の目が言ってるもんなあ……。ゾンビメイク楽しみにしてたのに、かわいそうに。

「第一希望もしくは第二希望ともに通らなかったのは一年生が多かった。そこで生徒会、教師陣、実行委員長の意向を聞かされたわけだが」

どこか他人事のように聞いていた私は、小鷹くんが手もとの資料を見て眉を寄せたことに小首をかしげる。

「まあたいした案じゃなかったので割愛《かつあい》する」

「いやそこ割愛しないで話せっての！　アンタが聞くだけムダだって、その場でぱぱっと勝手に話まとめたんでしょーが！」

咲の的確なつっこみと、恐らく事実であろうことの経緯に、クラスメイトも口々に追及をはじめた。まあ、小鷹くんらしいといえばらしいけど、結局のところ、なんでアスレチックをするってことになったのかは気になるよね。

説明を面倒がった小鷹くんはあきらめたようにため息をこぼし、教壇の机に両手をついた。

「要するに、学園側はお祭りらしい興行や物売りをご所望《しょもう》だったわけだが。演劇やフリマをしたいか？　俺は絶対にいやだ。台本だ衣装だ練習だの時間が足りなさすぎるし、クラス全員でいらないものを売って楽しいのかも疑問なうえ、金の管理もできるとはとうてい思えない。そこで体験型のなにかをと提案されたわけだが、輪投げや射的など縁日のようなものを教室でやってみてはと言われても、まだ夏休み気分か、としか返せなかった」

「……」

すらすらと滞《とどこお》りなく説明する小鷹くんに、クラスメイトは追及の手をゆるめた。というより反論の余地がないのか、みんな黙ってしまう。

「いやいやいや……！　いいじゃん縁日でも！　たしかに夏祭り行くたびにさんざんやったけども！」

とふっくんが抵抗を試みるも。

「さんざんやったものを、たいして間もあけず学園祭でもう一度する意味がわからない」

心底そう思ってるふうな小鷹くんに言い切られ、そうだそうだ、と一部ふっくんへ加勢しようとした空気は、言われてみればそうだけど……、と熱を失っていく。

これは先生たちも手を焼いただろうな。それをクラスでどうにかしようなんて、難しそうだ。ふっくんは戦意喪失《そうしつ》してるし、柊くんはこっそり吹きだしていて、反対する気はなさそうだし。

私は、私でも楽しめそうならなんでもいいなあ。

「ほかに意見があれば聞くが、正直話しあってもらちが明かず、使用できる場所も少なくなっていたから、とりあえず向こうの意見を汲んで、体験型のなにか……アスレチックみたいなものを希望した。運動好きが多いクラスだから」

「咲は嫌いだし」

唯一、小鷹くんの背後から、言いたい放題な咲がそれはもう不機嫌そうに言う。すると彼は振りむいて、

「ひとりで走ったりするのはいやだろうが、チームで競争するのは好きだろ？」

と、不思議そうに返した。それはつまり自信をもって言っているということ。その言葉で、それまで不満だけが漂っていた教室の空気が澄んでいくのを感じたのは、悔

しそうに顔をそむけた咲だけではないみたい。

「ハイハイ、質問！　じゃあ来場者対うちらでなにかするってこと?」

体育会系女子といってもいいみっちゃんが、いちはやく興味を示すと、小鷹くんは背後の黒板を指す。

「それを今から話しあって決める。場所はプールだ」

「プール!?」ざわっとクラスメイトの声が混ざりあう。私もさすがに驚いた。

まだ蒸し暑い日はあるけど、これから秋って時にプールって……できることも限られてくるんじゃ……。

「体育館のすぐ横。休憩所の食堂も近い。どうせやるなら人が集まりやすい場所のほうがいいだろ。まあ集まるかどうかは、なにをするかで決まってくるが」

小鷹くんなりに考えた結果なんだろうけど、頭を悩ますこと必至でみんなが沈黙した時。

「いいじゃん！」

柊くんだけが、楽しげに声をあげた。

「天候の問題とかあるだろうけどさ、それはちゃんと対策考えて、決めよーよ。プールとかめずらしいいし、小鷹の言うとおり集客にはうってつけな気ぃするし、どうせなら教室から出て、でかいことしたいじゃんっ」

柊くんの笑顔を見て、やっぱり魔法だなあ、と思う。

その笑顔は伝染して、ワクワクは広がって、学園祭の晴れた空を想像してしまう。

なにをするかは決まっていなくても、柊くんにそんなふうに言われて投げだす人は、少なくともこのクラスにはいなかった。

# IX　おまたせ

学園祭当日。朝起きて、部屋のカーテンを開けてすぐ。気分を高揚させた秋晴れの空は、登校しても色を変えることなく、爽やかに頭上に広がっていた。

「咲、かわいいねえ」

「テンション上げようとしたらこうなった」

黒い生地のパーカーには蛍光色のピンクとグリーンの星柄がちりばめられていて、相当目立つデザインだけれど、学園祭だからか、そこまで派手だとは感じなかった。

咲の特徴でもあるツインテールもボリュームたっぷりに巻かれていて、ついさわりたくなる。

「メイクもかわいいね。フェスっぽい」

「フェイスジュエリーね。やってあげようか？」

「えっ！……やっぱやめとく」

「小さいやつなら目立たないって」

えぇーと言いながら咲の手を止めないのは、私も少なからず浮かれている自覚があるからだ。

一般の入場開始まで一時間を切り、進行表の確認と着替えをすませた私たちのクラスは、教室でそれぞれが最後の打ち合わせをしている。

私と咲は裏方で、することといえば呼び込みや受付とか、サクラ役くらいのもので、服装もクラスTシャツで事足りていた。

「わ、なにそれ、すげーっ」

できたよ、と咲が言ったのとほぼ同時に、バスケ部専用Tシャツを着た柊くんがそばにやってくる。

「ちょっと、さわんな！　今付けたばっかなんだから！」

そばかすみたいに私の目の周りに貼られたフェイスジュエリーをつついてくる柊くんを咲は怒るけど、私はこの手に顔をうずめたくなる。気持ち悪いな私！

「俺にもやって！　付けたい！」

「いやだけど。咲が男子で付けてあげたいのは先輩だけ」

きっぱり断られても「先輩って？」と笑みを浮かべる柊くんのテンションが高いのが見てとれる。ここ数日前からそうだったけど、本当にイベント好きなんだなあ。

そのテンションの高さに引っぱられるように、クラスの熱気も上がり続けたし。弾ける笑顔にわざとなのか、咲は目を細めてるし。心なしか横居さんの呪いの言葉が聞こえてくるような。

これはちょっと、うかうかしていられない、かも？

「私、付けよう、か……？」

咲の指示を鏡代わりに、楕円《だえん》形のフェイスジュエリーを自力で付けようとしていた柊くんに告げる。

きょとんとした顔がくしゃりと笑顔に変わって。近くのイスを引き寄せ、私と向かいあうように座った柊くんは、今にも鼻歌を歌いだしそうに見えた。

「お願いしまっす」

「……ハイ」

こつんと小さなハートを投げられたような気分。それくらい柊くんはうれしそうで、楽しそうで。ちっとも私から目を離さない。

「ド派手にしてね」

「……目立つように？」

「うん。ひまりが見て、こいつアホだなって笑えるくらい」

そんなとろけそうな笑顔を見せてくれる人に、アホなんて言えるわけないんだけど。

そうだね。誰かに笑われてみるのも、ありかもしれない。

緊張で指が震えないように、時折自分のフェイスジュエリーの位置を鏡で確認して、それでも震えてしまう指でなんとか付け終えた。

ほっと胸をなでおろしたのもつかの間。

「できた？　見せて見せてっ」

手鏡で自分の顔をのぞきこんだ柊くんにも、私へ注がれた視線にも、心臓がぎゅうっとなる。

ド派手にしてと言われたけれど、柊くんのフェイスジュエリーは左目の周りだけ。金銀のラメに、いくつもの小さなスワロフスキーに、一センチ弱のハート。立体的なそれらは、私の右目周りと同じデザイン。

「お、おそろい……って、目立つ、よね」

言ってるそばからまっ赤だよ‼　顔あっつ！

「……」

そして感想が返ってくるまでの、この時間ね！　死にそう！　なんでもいいからなにか言ってください、お願いだから！

「なにこれ、超ときめく」

「……」

真面目な顔して胸を押さえる柊くんは、ちっともときめいているようには見えないのに。

「アンタら、アホだね」

咲がそう言ったとたん、ぶはっと吹きだした柊くんも、きゅっと唇を結んだ私も、きっと同じ心拍数だ。

「やべえ、なにこれ。ははっ！　ひまり最高！」

やられたー、と本当に楽しそうに笑う柊くんに、気づけば緊張や不安は消えて、一緒に笑いあうことができた。

「はー……ホントもう」

くつくつとうつむいていた柊くんが顔を上げる。

「抱きしめたいんですけど」

困ったような笑みで告げられて、その表情の意味も、言葉の意味も、すぐには深読みできない私はやっぱり、赤くなるだけだった。

「メグー！　そろそろ集合時間！」

「おー。今行く！」

う、うわあ……もう、直視できる自信が、……っ！

するりと爪の背で目もとをなでられたかと思えば、ごく至近距離で柊くんの息づかいを感じた。

「今度は逃げちゃヤダよ」

目だけ動かした先で柊くんは静かに、だけどやっぱり妖艶《ようえん》さたっぷりに、微笑んでいた。

「じゃ！　また午後！　バスケ部いってきまーすっ」

いってらっしゃーいとクラスメイトが見送るなか、私はひとり机につっ伏してしまう。

逃げちゃヤダってなんだ！　なにから!?　なにからよ！　予想できることが多すぎて、わけわかんなくなってきた!!　ていうか抱きしめたいって私のほうこそですよ!!

机の下でジタバタと足踏みする私は、周りからすればかなり奇怪《きかい》だろうけど、膨れあがった想いを隠し続けるほうが困難で。

「思いもよらないスタートダッシュ決めたね」

咲の言うとおり、決めてしまったらあとは走り抜けるだけ。

だってもう絶対に、止まりそうにない。


プールサイドには老若男女が集まっていた。集客は上々。班にわかれ休憩《きゅうけい》しているはずのクラスメイトも、見る限り全員そろっている。

「午前中はまあまあだったたって聞いたけど、盛況《せいきょう》……だよね？」

「メグが主役の回だからね。こんなもんでしょ」

学園祭も中盤を過ぎ、一般公開が終わる午後五時まで、あと三時間を切ったというところ。飲食系で早いところは店じまいをはじめたと聞くし、あらかた見てまわったお客さんが流れてきたのだろう。でもまさか、こんなに人がいるなんて思ってもみなかった。

「なに？　ちょっと焦ってきた？」

「……柊くん効果なら、すごいなあ、というか」

私、結構、すごいことしちゃったんじゃないかと。

スカートから咲とおそろいのスカパンにはきかえたのも、この時間のため。

「怖気づいたところで今さら、逃げられないかんね」

咲の緊張をあおるようなひとことに顔を上げる。ゆらゆらと太陽の光を反射するプールの水の輝きに、思わず目を細めた。

「うん……今度は、逃げない」

決意はざわめきにまぎれ、私は十数人のクラスメイトのうしろではじまりを待った。

電源の入ったマイクからキィーンと甲高い音が響くと、喧騒《けんそう》がやむ。ここが舞台の見せどころと言わんばかりの笑顔で、マイクを握りしめるのはふっくんだ。

「みなさん、ようこそいらっしゃいました！　進行役を務めますのは、わたくし、恋の伝道師《でんどうし》ことフク紳士でーっす！」

「命名のセンス……」

咲は冷めているけれど、くすくす笑われているのはふっくんの人望だろう。本当に紳士かどうかは置いといて。

「初めての方もいると思うんで、まずはご説明しましょう。さあご覧ください！　この荒波を！」

何度見ても、ふっくんが指し示すプールの水面はいたって穏やか。でもそんなことは関係なく、「時は大航海時代！」と舞台設定の説明は続けられた。

「まだ見ぬ新天地を求め、幾隻《いくせき》もの船が雨にも風にも負けず海をひた進む。ここ、セーラン地方にも壮大な夢を抱いて旅立ったひとりの少年がおりました。彼の名は……冒険者、メグーム！」

柊くんがかぶっていた布を取ると、見にきていた女子グループの何人かが「メグー！」と歓声をあげた。柊くんが主役の回というのは、こういうこと。

「メグームは誰も見たことのない楽園のような島を見つけました。しかし、なんということでしょう！　島を見つけて数日後、彼は故郷へ帰る船を失ってしまいました」

スズメも乗せられないであろうオモチャの船が、くくりつけられたヒモと人の手によって一本釣りされると、ギャラリーから笑いが起こる。

「神様は見ていたのです。コイツは金銀財宝、地位名誉《めいよ》を手に入れたいだけなのだと！　なんとあさましい！　そこで息絶えるがいい！　いやむしろ生涯《しょうがい》独身貴族を貫きっ」

ごん、と鈍い音がしたのは、うしろにいた小鷹くんが私情をはさみだしたふっくんの頭を叩いたからだ。

「えー事実はわかりませんが、とにかく船は失われてしまいました。しかし彼はあきらめません。助けが来るまで生き抜こうと希望を捨てなかったのです。誰だよこんなかっこつけた設定にしたの」

小鷹くんになにか言われたのか、ふっくんはひとつ咳《せき》ばらいすると、自身の背後へ腕を広げた。

「一方、町では友人たちが彼の身を案じ、ともに探しにいく仲間を募っていました。航海士オーダカ。戦闘員ミッチャーです！」

柊くんの時のように歓声はあがらずとも、クラスメイトが拍手を送ると小鷹くんもみっちゃんも、ギャラリーに応えていた。

「仲間はまだまだ足りません！　海は恐ろしいところですが、我こそはメグームを助けるのだ!という勇気ある方、まだまだ募集中！　ひとりでもふたり一組でもＯＫ！まずはオーダカとミッチャーが先陣きるぜぇえええい！」

ボルテージの上がったふっくんのコメントに、一部の女子から「えっ、マジ⁉」と驚きの声があがった。咲がニヤニヤしているのは、してやったりな気分だからだろう。

「小鷹くん、いやだろうねえ」

まずは誰かが挑戦してみせることで、希望者を募りやすくしようという作戦は小鷹くんの提案なのだけど。

「言いだしっぺが出ないとか、ありえないでしょ」

クラス会議で咲は同じことを言い、小鷹くんが出ざるを得ない状況にしたのだ。

「でも、難なくクリアできそうな気がする」

「それはないわー。女子は知らないけど、男子は小鷹がぶざまにプールに落ちたほうがおもしろいでしょ」

「それは……なんとも」

擁護《ようご》しづらい状況ではある。

「航海士オーダカ、波が静まったところでうまく着地し、難なく第一関門突破ぁ！しかしメグームまではまだ距離があるぞ！」

ふっくんが実況するとおり、二十五メートルプールの最奥には柊くん扮《ふん》するメグームが遭難《そうなん》していて、挑戦者は彼を助けるまでの道のりでさまざまな妨害を受ける。

スタートは四つの飛び込み台から選び、一メートル四方のスポンジの浮島のようなものに、うまく着地しなくちゃいけない。

今まさに第二関門へ向かう小鷹くんは大きく一歩を踏みだし、縦《たて》五十センチあるかないかの丸太二本を足場に、左右にくくりつけられたロープを命綱にして前へと進んでいく。

第二関門だけにロープを設置するのはなかなか大変だったけれど、実際に人が使っているのを見るとなんとも心もとない出来だ。

「ああーっと！　ここでオーダカ、横殴りの雨にさらされるという不運！　顔に直撃です！」

「くっ」と咲が吹きだすから、私もつられて笑ってしまった。

ふっくん、生き生きしてるなあ。

第二関門のエリアには、プールの水面でひとり用のボートに乗り、シャチの形をしたフロートにつかまってスタンバイしたクラスメイトが、水鉄砲で小鷹くんの進行妨害に努めている。

「脇腹か！　オーダカは脇腹が弱いのか⁉」

ふっくんの実況に熱がこもる。

「あっははは！　小鷹、ざまあ！」

ギャラリーに混じって笑う咲は、勢いのある水鉄砲が脇腹にあたるたびにバランスを崩す小鷹くんがおもしろくて仕方ないらしい。私もニヤッとしちゃったよ。

しかし左右のロープをうまく使って小鷹くんはなんとか踏んばりきり、第三関門へと進む。

でも、無理そうだなあ……。

苦笑がもれるのは、最終関門の妨害役であるクラスメイトがこれでもかとばかりに波を立てているからだ。ゴールまではシンプルな水面走り。水面に浮かんだスポンジの足場を止まらず走り抜ければ、柊くんのいる場所へたどり着けるけれど、その足場が妨害役によってぐわんぐわん揺れている。

しかもつるっとした素材だし、濡《ぬ》れているし、着地しただけで滑って転びそう。

予想は的中——というより、失敗がお望みであれば、くらい思っていそうな小鷹くんは、三つある足場のふたつ目でバランスを崩し、派手にプールへ落ちてしまった。

バシャーン！　大きな水しぶきが上がると、ふっくんは進行も忘れ大爆笑。ギャラリーも笑いに包まれながら、拍手や歓声が飛びかっていた。

続いて、みっちゃんも「こういうのは勢いが大事！」と息つく間もなく走り抜けようとしたものの、勢いあまって最終関門へたどり着く前に顔面からプールへ落ちた。

申し訳ないけど、爆笑してしまった。

「残念ながらミッチャーも脱落……っていうより今のは自滅《じめつ》じゃね？というつっこみはどうぞ心の中だけに秘めておいてあげてね！」

「おまえが秘めろよ、進行役ー！」

プールからみっちゃんが笑いながら抗議《こうぎ》すると、ふっくんは楽しげにギャラリーへ向かって「勇気あるふたりに盛大な拍手をー！」とパフォーマンスを終えた。

次は校内外からの参加者が挑戦する番だ。それに合わせ、大音量で流行《はや》りの音楽も流れはじめる。

「さあ、どんどん行きまっしょう！　観戦希望も挑戦希望も大歓迎！　挑戦者は入口付近で随時《ずいじ》受付中でーっす！　景品もありますよーー！」

「さて。うちらも行こっか」

「バスタオル足りるのかなあ」

盛りあがりはじめた空気から私たちはいったん離脱する。快晴で半袖の人も見かけるとはいえ、プールに落ちてずぶ濡れになった参加者をそのまま帰すわけにはいかない。

アフターケアもしっかりしてこそ、だ。

一時間ちょっと裏方を務め、ようやく様子が見える場所まで戻ると、挑戦者の水しぶきが上がったところだった。三名ほどクリアしたようだけど、男子の挑戦者が多いため、ほとんどが妨害され脱落が続いているらしい。

「クリアしたのって、女子？」

「んーん。最初のほうに挑戦してた男子。様子見で妨害を甘くしてたからクリアできたって感じだったかなあ」

受付係のマイマイがふふふと笑う。

「でもやっぱり男子の挑戦者よりは、女子に優しいアスレチックになってるかなあ」

「まあ全部そうなるとは限らないでしょ。妨害もやりすぎたらブーイングだろうし、小鷹が許さない」

「小鷹くんと言えば、水も滴《したた》るいい男だったね～」

「はあ？　顔だけじゃん。咲は腹抱えて笑ったよ」

思い出し笑いをする咲の横で、私はまた水しぶきが上がるのを見ていた。

安全確認の名目で一度だけチャレンジした時は成功したけれど、実況やギャラリーがいるのとでは感覚が違うのかもしれない。

クリアした数名の人たちは景品をもらったら帰ってもいいという権利を放棄《ほうき》したようで、柊くんのうしろ——特別席として与えられた場所で、真正面から水上アスレチックを観戦していた。

「えー……早いもので、メグームが遭難して一週間！」

「本当にはえーわ」

アドリブ満載《まんさい》すぎでしょ、と咲がプールをのぞきこむ。

「孤独な浮島に慣れてきたのでしょうか。それとも希望を捨てたのか⁉　メグーム、まさかの日曜日のお父さんスタイルです！」

どっと笑いが起きたのは、助けを待っておとなしく座っているはずの柊くんが、寝転び頬づえをついていたことを指摘されたからだ。

「それが助けてもらう奴の態度か！」

「ヒマアピールしてんじゃねぇー！」

ふっくんに指さされ、妨害役のクラスメイトから水鉄砲の攻撃を受ける柊くんは、笑っているように見える。

主役の回とはいえ、じっとしているのが仕事な遭難役だから、救出されないと飽きちゃうだろうけど……つまらない、で終わらせないのが柊くんらしい。

「え？　なんだって？　……腹、が、減った？　なんということでしょう！　メグームは飢餓《きが》状態！　これは大変なうっかりだ！」

「うまくつなげるねぇ……」

柊くんのジェスチャーにより、急きょ次の挑戦者には食べ物を持って挑んでもらうことになった。

「ギャラリーからかっぱらった菓子パンだけどね」

それでも、周囲を巻きこむことで一体感のようなものが生まれている気がする。みんな楽しそうだ。

食料は無事届けられ、黙々と菓子パンを口に運ぶ柊くんの行動はふっくんたちに茶化されながらも大ウケで、挑戦者は後を絶たなかった。

チャレンジ失敗が続き、胸がどきどきと早鐘を打ちはじめたのは、気のせいじゃない。

「さあ、残す挑戦者はあとふたりとなりました！」

あっという間だったなあ……。

「ここまでメグームを助けられたのは一、二……六人！　意外に少ない！　……え？　なんですかブーイングはやめてください。こちとら入場料無料なのに景品まで用意しちゃってカツカツだってのよ！　菓子パンくれた人、本当にありがとう！　声援もあざっした！」

ふっくんの実況もそろそろ終わるのかと思うと、少しだけ寂しい気持ちにもなる。

結局、柊くんと学園祭を回れる時間は作れなかったなあ……。

受付は三十分前に締めきり、一般公開が終わるまでの時間はあと四十分。私たちのクラスは撤収《てっしゅう》に時間がかかると予想し、早めに終わらせることになっていた。

空はまだずっと明るいけれど、雲が流れていくように着々と時間は過ぎ、終わりに向かっている。

……私にとってはようやく、これからがはじまりだ。

「――ってわけで最後のひとりまで楽しんでってね！　こっからはエキシビション！　むしろ俺的には余興《よきょう》だと思ってもらえたら万々歳！」

私はいやだ！と思っているうちに、ダラララララ……とドラムロールが流れ、背中を押された。

「いってこい」

振り返った先で、咲が少しの心配もなさそうに笑って見送ってくれるから、気合を入れ直すことができた。

「いってきます！」

ダンッ！とドラムロールがやむのと同時に、飛び込み台の前に飛びだす。大勢の視線をいっせいに浴びてめちゃくちゃ緊張したけれど、

「ひまりーん‼」

「ハイそこ先に呼ばない！　ついに現れました！　誰かって？　セーラン地方で最強の防御力を誇る守護神、ヒマリンの登場だぁあああ！」

「ひまりーん！」

みっちゃん元気だなあ、とか。そういえばそんな設定だったなあ……と思い出して、控えめに手を振り返す余裕ができた。

「あれ、メグの彼女だよな？」

「だから違うっつーの！」

「あの子知ってる～」

「なんかバンビの妹だって話らしいよ」

「マジで⁉　ウソだろ、似てねえじゃん！」

ギャラリーからそんな会話が聞こえた。私も有名になったなあ、とか。いろいろ感じながらも耳に届く雑多《ざった》な指摘に、気持ちが乱されることはなかった。

だってやっぱり、緊張してるし。

終わったら、とんでもないことをしてしまったって、思うかもしれない。

でも、少しだけ期待もしてるんだ。

「ヒマリン、準備オッケーでしょうか⁉」

二番目、プールの中心寄りの飛び込み台に立ち、ふっくんへＯＫサインを送る。

「では二番の大地から……いざ、メグーム救出ぅ！」

ひとつ深呼吸してから、不安定な足場へ着地する。ぐらりと揺れたけれど、その勢いのまま第二関門の丸太へ飛び移り、左右のロープをつかんだ。

止まったら終わり……止まったら、終わり！

私の性格を考えると、もたもたしていたら視線が気になって自滅すると思うから、一気に駆け抜けようと、挑戦希望を宣言するのと同時に決めていた。

みっちゃんみたいに勢いがあまらないように、かつ勢いを殺すこともないように
……！

「おおおお⁉　さすがの防御力！　水鉄砲……じゃなくて横殴りの雨をものともしな

いぞ！」

ふっくん、やめて！　言い直さなくていいから！

「難なく第二関門突破！　これは速い！　あーっと！　ここでまさかのビッグ・ヨコイ・ウェーーーブ！！」

ヨコ……えっ、横居さん⁉　なんで⁉

そういえば、挑戦者が女子の場合、プール内での妨害役に女子を数人混ぜようという話だった。

よりによって横居さんかよ！　さっきまでいなかったじゃん！　私が参加すると知って妨害役を買ってでたな⁉

「激しい！　激しすぎる！　なにかうらみでもあるんじゃないかと感じさせるほどの荒波だあ！　巷《ちまた》ではドッジボールをさせたら回避率百%と評判のヒマリンでも、これはさすがに厳しいか⁉」

よけいな情報つけ足さなくていいし、横居さんも波立てすぎだし、小鷹くんの時より足場は不安定っていうか、もはやただ荒波に揉《も》まれてるスポンジみたいになってるけども……止まるわけにはいかないので！

すでにひとつ目の足場からふたつ目へ着地していた私は、ひるむことなく、ゴールへ足を伸ばす。ぐらり、と。今までいちばん体勢を崩したものの、前だけを見た。

身体も、腕も、自然と柊くんへ向かう。

ビックリさせられたかな。喜んでもらえるかな。

私が挑戦することは言ってなかったし、約束もかわしてないけれど。

「――柊くんっ」

今度は私から想いを伝えに、追いかけてきたよ。

たしかな足場に着地した瞬間、見たのは、両側に広げられた腕と、とろけそうな笑顔。

「救出、大、成、功ーーーーっ！」

ふっくんの大声が響くと、

「うわっ、はは！　ひまりー‼」

押し倒しそうになったはずが、柊くんからぎゅうっと抱きしめられ、押し倒されそうになっている。

……成功、した？　無我夢中《むがむちゅう》だったせいで、まだ実感が追いつかない。

成功、したんだよね？　私ちゃんと、柊くんのところに……いる。

「ひまりーっ！」

……っ！

「えっ、ちょっと柊く……押さないで危ない！　ここ濡れてるから、滑っちゃ」

言わんこっちゃない！と身をよじって落ちるのを回避できたのは、私だけだった。

バシャーン！と上がった水しぶきに、顔面蒼白《そうはく》。

相手の力を受け流すみたいに、私が柊くんをプールへ落とした形になってしまった。

喜んでくれただけなのに……。なにやってんの私！　せめて一緒に落ちとけよ！

これだからモブ歴十六年の女は！

「ごめん‼」

プールの水面から顔を出した柊くんへ全力であやまる。

「ひまりぃ～」

「ごめん！　なにやってんだろう私！　本当にごめん‼」

いっそ消えたい！　むしろ消してください！

「ああ～……も～！」

こんなはずじゃなかったのに！　無事に救出して、ビックリしたって柊くんが喜んでくれて……そのままなんかいい感じに学園祭を終える予定だったのに！　驚かせようってことばっかり考えて、明確にしとかないから最後の最後でミスるんだ！

私のバカ！　アホ！　とことん自分を責める私の頬に、水がかかる。

土下座しても足りないくらいの気分だったのに、顔を上げた時にはもう、どうってことないと思った。柊くんが怒りもせず、笑ってくれているから。

そうやって笑ってくれるから、失敗も成功になっちゃうんだ。

「やめてよ〜！」

「ははは！　仕返し！」

その明るさと優しさに、うっかり視界がぼやけたから。柊くんが浴びせてくる水しぶきを、ただ受け止めた。本当は少しだけ、心の中で焦っていたのだけれど。


学園祭、そしてクラス主催の水上アスレチックは盛況に終わった。

先生たちにもほめられたし、担任からねぎらいのおにぎりも差し入れられたし、なにより学園祭特別賞をもらえたことがうれしかった。

「不満しかない」

「……」

ひとりだけは違う心境のようで、返す言葉もない。

「ひまりが成功しようが失敗しようがどっちでもよかったけどさあ。最後のシメは俺だろ。俺しかいなかっただろ！　フク紳士が最後の最後に挑戦してこその、すばらしいフィナーレだったはずなのに‼」

「いや、挑戦してたじゃん。唐突に。空気読まずに」

咲から冷静なつっこみが入ったものの、ふっくんは目に角を立てる。

「空気読んでの苦渋《くじゅう》の決断だったわ‼　あのままメグとひまりを放置して、なんの得がある⁉　俺はもっと声援を受けてから挑戦したかった！」

「咲もうその話飽きた」

「飽きるな、ついてこい！」

ふっくんが涙目の理由は、妄想していたすばらしいフィナーレと現実がかけ離れてしまったから。最後の挑戦者として名乗り出る機会を奪われた挙句、救出成功の証《あかし》であるステージから柊くんがいなくなるという事態に、ふっくんは突然「リア充ぼくめぇえええええっ‼」と絶叫して第一関門を突破し、第二関門でつんのめってプールへ落ちたのだ。

面食らっていたギャラリーは最終的に大笑いして、進行役だったふっくんは拍手喝采《かっさい》を浴びたのだけど、本人はどうにも不服らしく。

「ひまり。俺は、おまえを、ユルサナイ」

真顔で言ってくるのがなあ……。逆にふざけてるのかと思っちゃうからやめて欲しいんだけど、申し訳ないことには変わりない。

「ごめんね」

「なんだよー！　あやまるなよー‼」

「どっちなんだよ」

「出たなメグ！　俺は、おまえを、許さない‼」

「少しも響かない」

それ以上は結構です、と。まるでティッシュ配りを断るみたいな塩対応をしながらも、着替えから戻ってきた柊くんはどこか機嫌がよさそうに見えた。

「響かないとはなんだ！　ここか！　おまえのここは氷河期か！」

「やめろ、さわんな。悪かったたって」

胸をつつかれていやがりながらも笑ってる柊くんに、胸がギュンッてなったのは私だけでしょうか。いや、横居さんのカメラから連写する音が聞こえたような気がする。

「おい、そろそろ帰れよー」

じゃれているふたりを眺めていたら、担任が教室をのぞいてきた。すると、

「全員そろうの待ってるんですー」

誰かが言い、そういえば小鷹くんがいないと気づく。

「打ち上げするのはいいけどなあ。行ける奴から集まっとかないと、小鷹にどやされるぞ～」

それはいやかもしれない、と思い至ったクラスメイトたちが相談をはじめる。私は隣にいる咲を見やった。

「委員会、サボったね？」

ぐっ、と顔をしかめた咲はそっぽを向く。

「……違うし。咲が疲労困憊《こんぱい》だから、見るにたえかねて、ひとりで行ってくれただけじゃん？」

「ばっちりメイクが崩れたままなんて、咲が許さない！」

「メイクを直しといて……」

うん。そうか。小鷹くんに会ったらねぎらいの言葉のひとつくらい贈っておこう。

「俺らも先行こうぜー。小鷹なんか待ってても、頼んだ覚えはないが？って言われるのがオチだし」

「だからって連絡のひとつもしないとか。薄情だなあ、福嗣」

「おまえらにだけは言われたかねえよ⁉」

「咲たちも行こーよ。待ってたくないし」

「うん。あ、でも先にトイレ。これ取ってくる」

「えーっ！　そのままでいいじゃん！」

自分のフェイスジュエリーを指さした私は、咲の制止も聞かず「ちょっと待ってて！」と教室を出た。

ちょっと惜しいけど、写真ならいっぱい撮ったし。それに……多少は私もメイク、直したい。まあたいして時間かからないんですけどね！

手洗い場でフェイスジュエリーをはがし、目に見えて変わりようのないメイクを気持ち程度に整える。ついでに髪の毛も結び直していると、先の廊下から弾むような男女の笑い声が届いた。

後夜祭も終わって下校時刻が迫っている今、校内に生徒はほとんど残っていない。全員で打ち上げをするクラスもあれば、親しい者同士で集まる人たちもいるだろう。今のふたりは……わからないけれど。楽しそうな笑い声がよけいに、一日を終わらせてしまうのが惜しそうに聞こえた。

私も……今日がずっと続けばいいって思うけど。

はやる心が、抑えこんでいた想いを急きたてるようで。

「……」

鏡に映る自分から派手さはなくなって、いつもどおりの私に戻ったはずなのに、どうしてだろう。今までの自分とはちょっと変わったように見える。

うまく言えないけれど、鏡の中の自分に、勇気をもらえた気がした。

「ひ、柊くん……」

教室へ戻ると、てっきり待ってると思っていた咲の姿はなく。それどころかクラスメイトひとりも残っていなくて、いるのは机に腰かけた柊くん、ただひとりだった。

「おかえり」

教室ってこんなに静かだったっけ。よく響く柊くんの声と、予想もしていなかった好機にバクバクと心臓が高鳴りはじめる。

「お、おまたせ、しました……」

焦るな、テンパるな、と言い聞かせ、慎重に言葉を紡《つむ》いだ。

「待っててくれたんだね」

もうみんないないって、教室の前まで来た時には気づいた。きっと咲が企んだんだろうってことも、柊くんも拒否しなかったんだろうってことも。経緯まではさすがに満点回答できないけど、教室に入らないって選択肢はなかった。

「ごめん、ちょっと……髪の毛結び直すのに時間、かかっちゃって」

「……うん」

「……」

教室ってこんなに……って、さっきも思ったな。ポーチをカバンにしまう音が、いやに響くから。

それだけじゃない。この静けさを、知っている。

「……今日、さ」

どくん、と心臓が跳ねる。柊くんの言葉ひとつで。惑《まど》うように、問いかけるように、ひと呼吸置かれるだけで。

「ひまりが出てきた時、すごい、ビックリした」

「……うん。あの、出ること……秘密にしてた、から」

ダメだ。これじゃあなんで？って聞かれちゃう。

「ほら、私、よけるのうまいから。エキシビションとしては盛りあがるんじゃないかって、ふっ……くん、が」

やってしまった！　まちがえた。盛大にミスッた！　ふっくんが、とか出さないほうがよかった！

「あ、あの時は本当にごめんね！　まさか柊くんのことプールに落としちゃうなんて、もう、私ってば！」

あははと笑ってみるけれど、返ってくるのは沈黙だけ。

柊くんは机に腰かけたままうつむいて、私もこれ以上続けようとは思えなかった。

ああ……ダメだ。また焦りが出てきた。

プールで抱きしめられた時も。落としてしまった時も。柊くんの笑顔から感じたのは、うれしいって気持ち。楽しいって気持ち。もう一度伝えたいってくらい大きな、好きって気持ち。

……なにも言わないで。言わないで、柊くん。

ぐっと拳が握られ、すうっと息を吸いこみ、なにか口に出そうと、かすかに柊くんの肩が上がる。

目が合った瞬間、告げていた。

「好き」

私から柊くんへ告白する時は、もっといっぱい伝えたいことがあった。

いつから意識していたとか、いつ好きになったかとか、どんなところを好きになったかとか。告白されてうれしかったことも、返事を待たせてしまって申し訳ないってことも。いっぱい、いっぱい、伝えたいことがあったけど。

「私の彼氏になってくださいっ……」

これが今の精いっぱいで、なにより望んでいること。

「……マジで？」

しばしの沈黙のあと、柊くんがそうこぼした。

ぴんと張った緊張の糸が切れそうな私は、涙をこらえるのに必死で。

「え、俺、今もっかい……告ろうとしてて」

ひとり言のように現状を整理する柊くんを、見ていることしかできなかった。

そのうち柊くんは机から降り、廊下のほうを見やると「あー」となにかを耐えきれないように唸《うな》って、がしがしと頭をかく。と。

「逃げるのなしね」

私を思いっきり抱きしめてきた。ぎゅーって。あんまり強いから、苦しいって言いそうになったけれど、離して欲しくないから黙っていた。

「ひまりも」

「……え？」

私も？　私も、って……。

頬が熱くなる。察しがいいのって、いいことなのか悪いことなのかってくらい。

「だって俺まだ、信じられないもん」

……そう、なの？　抱きしめ返さなくたって、信じてよ。なんて。私もここで初めて柊くんに告白されてからしばらくは、信じられなかった。ウソでしょう？　夢でしょう？って。

だけど柊くんは保留にされても、ずっと私を見ていてくれた。私だけを想っていてくれたから。

今度は私の番、だね。

受け入れるだけだった気持ちに自分の想いを上乗せするように、柊くんを抱きしめ返す。つぶれちゃわないかなって心配するほど、力いっぱい。

すると不思議なことに、私こんなに柊くんのこと好きだったんだ、って。自分でもビックリするほど、胸の奥から想いがあふれでた。

「ちょ、苦し……くすぐったい！」

ぐりぐりと柊くんの首筋に額をこすりつけても、満足できないこの気持ち。どうしよう。好き。大好き。

「はー……夢じゃないよな」

「……夢だったら困る」

「そりゃそうだ」

ふはっと笑みをこぼした柊くんは、力をゆるめる。

「離れたくないなー」

「……」

「ちょ、ははっ！　なんだよーっ」

また額をぐりぐりこすりつけると、改めて抱きしめられた。離れたくないなんて同じだけど、それを含めた行動だったから、お互い自然と背を伸ばした。

今さら照れくさくなるなんて、ヘンなの。

「笑わないで聞いて欲しいんだけどさ」

「うん」

「プールに落ちる前からさっきまで、俺ずっとひまりが好きだって言いたかった」

叫んでもいいくらい、と。柊くんはくしゃりとした笑顔を見せる。

「でも我慢した。なんでだろ。ほかの奴に聞かれたくなかったのかもしれないし、ひまりから言ってくれるのを期待したのかも」

「……うん」

「あきらめなくて、よかった」

「待たせてごめんね」

ああ、そうじゃないや。

「待っててくれて、ありがとう」

目が合うことは幾度もあったけど、見つめあうのは二度目の告白をされた日以来な気がする。

やっぱり、かっこいいなあ……。

「ねえ、ひまり。どうしようもないかも」

「……なにが？」

「うーん……今後の学校生活？」

「なにそれ、怖い!!」

「だって今までは付き合ってないからって遠慮してたけど、これからは、しなくてもいいってことでしょ？」

目を見張った私をうかがうように、柊くんは首をかしげ、目尻を下げた。

「自慢するから。ひまりがいやがっても、困っても。俺は、こんなに好きになった子が俺の彼女になってくれたんだ、すげーだろって、自慢する」

なにそれ……。困る。ものすごく困るけど、ちっともいやじゃない。わかって言ってるでしょ、その顔は。

「怒った？」

怒らせたと思ってるなら、笑みを浮かべるタイミングまちがってるでしょう。余裕か。余裕なのか。この、主役級人生歩んできた系男子め！

こんなこと慣れてないから言い返せなくて、口をとがらせていると、手を取られた。ほだされませんよ。そんなことしても。

反撃の一手を考えていた私の額に、こつんと重みが加わる。

「帰したくないな」

「そっ……こは、帰ろうよ」

「冗談だよ」

そうですか。そうですね。クラスの打ち上げもありますしね。

「そろそろ私たちも、行かないと」

みんな集まっただろうし、小鷹くんも戻ってきてしまう。

「そうだね」

ていうかこんなに近いと、どこを見てればいいのか……。

「じゃあ一回だけ」

視線は、伏せられた柊くんの目に釘づけになった。唇にやわらかな感触を捉えて数秒、それがゆっくりと名残惜《なごり》しそうに離れていく。

もうふれてはいないのに、まだしているみたい。

だから最初はとまどって、それでもぎこちなく、もう一回だけ、と。お互い引き寄せられるように、キスをした。

「……ね」

「うん？」

「照れる」

なにかわいいこと言ってるんだ、この人。私まで恥ずかしくなってきたじゃない。

照れると言ったそばからまたキスしてくるし……。

「柊、くん」

「うん。わかってる」

本当だろうか。キスの雨って、こんな状況をさすんじゃないかと思いはじめてるんですが！

「あの、もう本当……いつ小鷹くんが戻ってくるか、わかんない、し……」

「ひまりは、したくない？」

そういうことは私がもっと経験値積んでから言って欲しいよね‼

「しっ、したくないわけじゃ……っ！」

「じゃあもう一回」

「わあああああもぉおおお！」

バカバカ柊くんのバカ！　からかって遊んでるでしょ！　気づいてるんだから！

柊くんの胸を両手で押し返し、顔をそむけた私の頭上から「ふっ」とおかしそうな笑い声。そんな人にはストレートパンチの刑だ。

「イテ。ははっ」

相変わらずまったく威力はないけれど、二の腕を殴られても柊くんからは幸せオーラが漂ってくる。

「……また明日、ね」

だから今日は終わり、とか……なに言っちゃってんの私。なに想像しちゃってんの私！　明日は学園祭の振替休日だよ！

うぐう、と顔を赤く染める私に柊くんはちょっとだけ目を見張って、すぐに頬をほころばせた。

「そうだね。まあ俺は、したい時にするけどね」

マシュマロに下唇をはさまれたとでも思っておこう。

「イッテ！」

「学校閉まっちゃうじゃん！　もうっ！」

もう一度パンチしてから、自分の机からカバンをつかんで、教室のドアへ向かう。

「待って、ひまり。置いてくなよ。ひまちゃ〜ん」

「お姉ちゃん思い出すからその呼び方やめてっ」

振り返れば、手を差しだす柊くん。

ああ……もう、本当に。

「手、つなぎませんか」

さっきまで余裕たっぷりだったくせに、どうしてそこで照れくさそうにするの。

ずるい。私だってもっと驚かせたり、喜ばせたりしてみたいのに。

だけど、つなぎませんかって。照れくさそうにしながらも望んでくれるのは、私に対してで。それを叶《かな》えてあげられるのは私だけなんだと思えば、目の前の彼が愛しくて仕方なくなる。

「……つなぎたいんですけど」

待ってるんだけど、とも言いたげに空中で止まったままの手を揺らす柊くん。

私はニヤけそうになりながら、その手を迎えにいく。

初めてデートした日の帰り。

あの時は、もし自分の気持ちまで流れこんでしまうなら、手を握り返せないと思ったけれど、今は本当に流れこんでしまってもかまわない。

だってもう伝えたから。好きな人の彼女になれたから。

……この人、私の、彼氏。

ぎゅっと柊くんの手を握りしめたあと、顔を見合わせてから微笑みあった。

不安がないと言ったらウソになる。でも今は、この幸せを噛みしめていたいから。

どうぞこれから、よろしくお願いします。

# X 手探り状態、お付き合い

「メグの彼女じゃん」

どきーんっと心臓が生き物みたいに跳ねる。

教室へ向かおうとした私の前には、全員上ばきにはきかえるのを待っている、いつかの男女グループが。

違う、って否定されたのが昨日のことのように思い出される。

また言われるのかなあ。不満げな女子の視線を感じながら、その子にも彼女だと口にした男子にも、ぺこりと頭を下げた。

私は柊くんの彼女、だから。無反応で通りすぎちゃいけない気がして。

「お、おはようございます……」

それでも気まずいことに変わりはないから、そそくさと彼女たちの視界から抜けだす。と。

「おはよー」

「挨拶してくれたぞ」

「あたしは認めないんだからーっ‼」

思い思いの反応を返してくれて、なんとも言えない気持ちがこみあげた。

「あ。彼女昇格おめでと～」

「昇格ではなくない？」

めずらしく私よりも先に登校していた咲が、お祝いの言葉をくれたマイマイに怪訝な顔を向けている。

「じゃあ咲ちゃんとしては、どういう感じなの？」

「知らないけど。咲的には、ひまりはまだ彼女の座に正座してる感あるよね」

「あはっ。たしかにまだ恐れ多そうではあるねぇ～」

マイマイまで同意するなんて……！

笑うふたりに、柊くんの彼女の座に正座してる自分を思い浮かべてみる。

うーん……どうしよう。否定できない。

「もっと堂々としたらどうなの」

「いや、べつに隠してるわけじゃないし……」

「そうじゃなくてさあ。ひまり、咲が言ったこと忘れてんの？　交際宣言しただけでひと安心ってか」

首をかしげた私を、咲はふっと憐《あわ》れむように、なかば愉快そうにほくそ笑んだ。

「こりゃ横居がつけいり放題だわ」

「それはいやだ‼」

反射的に拒絶反応が出たことではっと気づく。

『努力しないと一緒にすごせるはずの時間は削られる一方ってこと』

柊くんの彼女になることの大変さを、咲はそんなふうに言っていた。宿命だとも。そうだった。私に告白したと学校中に知られたあとでも、柊くんに告白する女の子たちはいたんだった。

……え。それって私が彼女になったあともあり得る？

「か、彼女になった意味……！」

「意味じゃなくて、彼女としての威厳《いげん》を出せって言ってんのよ」

「そんな重々しさが私に出せると⁉」

無理でしょう！　スペックなにそれ状態の私には無理でしょう！

「ひまりーんっ！」

「ぎゃあ！」

突然背後から抱きつかれ、すっとんきょうな声を発したというのに、みっちゃんは「おはよー！」と爽やかな笑顔。

「おはよう……ビックリした」

「あはは、ごめんごめん！　それよりおめでと〜！」

「う、あ、ありがとう……」

こうも素直におめでとうって言われると照れくさい。

付き合うことになったことは、学園祭の打ち上げが終わって解散する時に柊くんが何人かに話して広まったから、私はその場にいた女子数人に祝ってもらっただけだ。

もちろん横居さんの顔は怖くて見られないまま帰った。

「ひまりんもついに彼女かあ。ていうかメグも相変わらずだよね。昇降口向かってる時にさ、体育館から女子がすんごい出てきてて。あれって朝練の応援でしょ？」

「出たー。ハイエナー」

「朝練まで応援しにいくって……すごいねえ」

……おかしいな。私の今の気分、幸せとはほど遠いんですが。やめてみんな。そんな目で見ないで。

「前途多難だね、ひまり」

「うわあああ、いやだあああああ‼」

付き合ってまだ三日目なのに！　もう少し幸せにひたらせてくれたっていいじゃんか！

「えー。そんな心配することなくない？　メグがモテるのは前からだし。昨日とかデートしたんじゃないの？」

「したからなんだってのよ。デート中はふたりの世界だとしてもさあ、咲たち学生だから。生活の大半を学校ですごしてるから。メグ相手に学校でも独り占めしようなんて、彼女でも無理無理！」

ちょ……やめて咲。心臓がえぐられる。

「でもたしかに、ふたりとも変わったな～って感じはあんまりしないよね。もう付き合ってるようなもんだったからかなあ？」

「……」

言葉も出ない私に、あれ？とマイマイが不思議そうな顔をすると、咲はまたふっと鼻で笑う。

「マイマイ、それ、追い打ちだから」

「ええ⁉　悪い意味で言ったんじゃないよ⁉」

そうか。付き合ったら変わるってわけじゃないのか……。

彼女ってむずかしいんだなあ！

「な、泣いてる……？」

「泣きそうではある」

「泣かないでひまりん！」

泣くもんか！　ていうか、負けるもんか！

——なんて朝から意気込んだところで、私の存在感はとくに増すわけでもなく。むしろマイマイたちに指摘されたとおり、私も柊くんも今までと変わらない雰囲気のまま体育の授業を迎えてしまった。

ずん、とひとり体育館のすみで肩を落としていると、ふっくんが声をかけてきた。

「ひまり、魂抜けてね？」

ふっくんにまで心配されるなんて……詰んだ。

「今すごい失礼なことを思われた気がするぞ」

「気のせいじゃないかな」

「でもひまりの生気がないのは気のせいじゃない！」

指さしてドヤ顔するの、やめて欲しいなあ……。

一気に肌寒くなったため、今日から体育の授業は室内で行われることになった。

体育館に響くドリブルの音。シューズが床に擦れる音。ボールがリングを通り抜ける音に、歓声。

バスケは柊くんをいっそう輝かせるように、女子の目の輝きもハンパじゃない。

「なに？　メグ？　呼んでこようか？　いやだけど」

じゃあ言わないでよ!!　おちょくってんのか!!

「私だってふっくんなんかお呼びじゃない」

「なんだとこのやろう」

「野郎じゃないし。女子だし」

そして彼女だもん。たぶんね！

「なんだよ〜。どうしたんだよ〜」

顔を見合わせたけれどそっぽを向いた私に、ふっくんはやれやれと言いたげに隣へ腰かけた。

「不満があるなら言わなきゃ伝わんねえぞー」

「……不満じゃない」

「じゃあなによ」

ふっくんは柊くんを見たまま聞いてくるから、なんとなくわかっているんだろうけれど。私はそれを口にできるほど、努力が足りていない。

彼女になって初めての登校日。柊くんと言葉をかわしたのは、まさかの朝の挨拶のみ。話しかければいいのに。堂々と隣に行けばいいのに。私は今日も、みんなと楽しげに笑いあってる柊くんを眺めているだけ。

……これじゃあ本当に今までと、ちっとも変わってない。

「あのなかに、混ざり、たい」

ぽつぽつと本音をこぼすと、隣のふっくんが「混ざれば？」と軽く返してくる。

「運動神経いいならまだしも……女子が男子チームに単独で乗りこむとか、ないでしょ」

「なんで。うれしいけど。だってそれって誰か狙いってことじゃね？　俺そんなんされたら秒で好きになるね！」

「……」

危ない危ない。ふっくんの感覚は当てにならないんだった。当てになったとしても実践しないけど。

でもやっぱり、もうちょっと一緒にいたいなあ……。なんてね！　欲ばりか！　授業中になに考えてんの！

かーっと自分の思考に赤くなっていると、柊くんがこちらを見た気がして、どきりとした。

か、勘違いかな……小鷹くんと話してるし。

「つーか、試合に混ざりたいんじゃなくて、メグとしゃべりたいってことだろ？　話しかけにいきゃあいいべや」

「……なんだかなあ」

「なんだよ」

「それが当然かのように」

疑問符を表情に表すふっくんは、

「当然もなにも、彼女なんだから堂々としてればよくね？」

咲みたいなことを言う。

「それは、そうかもしれないけど……」

告白されたあとも、ただのクラスメイトだった時さえできなかったことを、今すぐやれるわけがない。

話しかけたい。もっと一緒にいたい。だけど、恥ずかしい。緊張してうまくできそうにない。私だけ？　みんな、彼女になったとたん、自信があふれるものなの？

「座っていいか」

「……え」

顔を上げると、いつのまにか小鷹くんがいて、私とふっくんの間に割りこむように座ろうとするから驚いた。

「いやいや……なにこれ、せまっ。なんなんだよ急に！」

ふっくんは、いたって冷静な小鷹くんに噛みつくけれど、「メグの代わり」と告げられると、顔を引きつらせた。

……代わり、って。

「邪魔してこいだとさ」

「おま……それ言っていいのかよっ」

「言うなと口止めはされてない」

「ハァーン!?　俺が気まずくなるのはいいってか！」

「知らん」

ため息をこぼした小鷹くんがちらっと視線をよこす。

「俺からすればメグもひまりも、なにをしてるんだ？」

おっしゃるとおりで……。

面倒なことに巻きこまれたと言わんばかりの小鷹くんに、返す言葉が見つからない。

邪魔してこい、なんて。うれしい行動のはずなのに。小鷹くんに頼むくらいなら、
柊くん本人が来てくれたらいいのにって思ってしまった。

ほんと、なにがしたいんだろう、私たち。

「あのなあ！　俺は俺でひまりの相談に乗ってたわけ！　それを邪魔したってことは、
解決の糸口を失ったってことだからな⁉　そこわかってますぅ⁉」

「福嗣に相談してどうする……」

「素でひくのやめて、傷つく」

はあ、と再びため息をついた小鷹くんにどきりとする。

「やっと付き合ったかと思えば、三日目で問題発生？　俺にはなにが問題なのかすら、
わからないんだが」

身構えたとおり、小鷹くんは不可解そうに眉をひそめた。

でもこれは……相談に乗ってくれようとしてる、のかな。

「ひまり。言ったところで小鷹には理解できないパターンだから、やめておくが吉！」

……うん、まあ、そんな気もするんだけど。

ふっくんに対して不服そうにしながらも、小鷹くんは私に決定権をゆだねてくれるみたいだった。

「も、問題があるとかじゃ、ないんだ……」

小鷹くんの冷静な視線は、柊くんとはまた違って、胸の奥がつっぱるような緊張を覚える。

「私がダメダメすぎる、というか……あの、話したいんだけど、うまく話せないっていうか……」

あああ……要点まとめて話せって目をしてるなあああ！

「つまり、恥ずかしくって話しかけられない、どうしようって話です！」

言い切ったところで小鷹くんは眉間のしわを深めるだけで、それは理解できていない証拠でもあった。

「今さら恥ずかしがる理由があるか？」

「いえ、あの……話しかけて盛りあがらなかったら、怖いなっていう気持ちも、あったり……」

「無理して盛りあげる必要あるか？」

「や……できれば楽しいほうがいい、というか。盛りあがらなくても、こう、普通に、和気あいあいと……」

「話せばいいじゃないか」

「それができるか不安だって話をしてんだよおおお！　もう我慢ならん！　断言する！　おまえにひまりの気持ちはわからない！」

　ふっくんが私寄りの立場でほっとする日がくるとは。

「おまえにはわかるのか」

「わかるわ！　好きな子に話しかける時の俺の心拍数ナメんな！」

「話す前からそんなに悩んで疲れないか？」

「疲れるよ！　それもまた恋の醍醐味《だいごみ》だがな！」

　まったく退《ひ》かないふっくんのおかげか押し問答は終わり、小鷹くんは「そういうものか？」なんて私に尋ねてくる。付き合ったばかりで醍醐味なんて味わえる状況にはいないのだけど、楽しいことばかりでもないんだろうって思うから、曖昧《あいまい》ながらもうなずいた。

「ふうん」

　でも、納得はしてなさそうで、小鷹くんはふいと柊くんへ目をやる。

相変わらずみんなとはしゃいで、こちらを気にしている様子もない。

邪魔してこいなんて、実は冗談だったんじゃない？　以前は日に何度も目が合っていたのに、今日はとんとないんだもの。

「ひまりもひまりだけど、メグもメグだな」

「……それは、どういう」

「片思いでもあるまいし」

はあっと物憂げにため息をこぼした小鷹くんが見すえる先には、柊くんがいる。

お昼ごはんでも賭《か》けているのか、フリースローで誰かが外せば両手を挙げて喜び、ゴールすれば頭を抱えては盛りあがっていた。

あのなかに入るなんて、無理。

それなのに、どうしてだろう。駆け寄りたくて、混ざりたくて、じりじりと胸の奥が焦《こ》げつくようなのは。

「……片思いじゃないんだからって言いたくなるのは、柊くんに対してもってこと？」

小鷹くんにそんなことを尋ねてしまえるのは、きっと私がじっと見つめていなければ気づかないほど、柊くんが一瞬こちらを盗み見るからだ。

「メグも成長しないな」

手厳しい答だけれど、そのとおりだなと思った。

あほら。また見た。身動きひとつするたび。人影に重なるたび。ちらりと私を見る瞳が、まるで何事もなかったようにクラスメイトへ、ボールへと逸らされる。

変わってないなあ……私も、柊くんも。

『割りこんで欲しいんだ。俺が誰といても、隣に来て欲しいって。話しかけて欲しいって』

今もそんなふうに思ってくれているとしたら、立ちあがらないわけにはいかないじゃない。

でもさ、ちょっとずるくない？　私自身、少しもがんばってないくせにって思ったことはあるし、柊くんに気持ちを見透かされている部分もあるけどさ。

私がいやがっても、困っても、彼女だって自慢してくれるんじゃなかったの？　話しかける前からうれしそうにされては、悔しくなってしまう。でも口にはできず、第一声も浮かばなかったため、素通りしてしまった。

「えっ」

歩み寄る私に気づいて待っていた柊くんの驚きは当然だろうけど、これで割りこんだってことにして……もらっちゃ二の舞でしょうが！　がんばれ私！

覚悟を決めて、ぐるりと踵《きびす》を返した私は柊くんと向きあう。

「と、とくに、用は、ないんだけど……」

一音発するたび頬の赤みが増すのに、柊くんはぽかんと開けた口から笑い声をあげた。

「ははっ！　なんだよそれーっ」

本当にね。なにを言っちゃってるんだ私は。至近距離の笑顔にときめいてる場合じゃない。

「なになに？　高遠ちゃんも混ざりにきたの？」

突然現れた私に、柊くんと遊んでいたクラスメイトが声をかけてくる。

「や……フリースローはちょっと」

「とくに用はないんだってさーっ」

なんで柊くんが答えるの!!

「え？　なにそれどういうこと？」

「ていうかメグ、急にごきげん」

けたけたと私の失態を笑う柊くんは誰から見ても楽しそうで、だけどなにがそんなに楽しいのかとクラスメイトが首をかしげるのも無理はないと思う。

「よくわからんけど、高遠ちゃんはフリースローしにきたわけじゃないのね」

「そうなんだよ悪いね」

だからなぜ柊くんが答えるのか。にこにこしちゃってさ。こういう時の柊くんって、たぶん周りが見えていない。私だって驚かせたり喜ばせてみたいって気持ちは、この笑顔で報われているんだろう。

でも。でもさ。

「見にきただけだもんな？」

にこにこフォローまでしてくれちゃう柊くんは、私から歩み寄ってきただけで御《おん》の字だって思ってるんでしょうけど。私は、その先を行ってみたかったり。

「見にきたっていうか……柊くんを、喜ばせに」

「……え？」

もごもご話したから聞こえなかったかもしれない。だけど、ちらりと見やった柊くんの表情が、みるみる恥ずかしさに染められていくから、袖口の下で頬をゆるめてしまった。

「メグをなんて？」

聞きとれなかった言葉を、クラスメイトが確認しようとすると。

「いや!?　なんでも！　続きすんべ！」

あわててごまかす柊くん、なんか新鮮。

「高遠ちゃんは？」

「見にきただけだって！」

それだけじゃないってば。フリースローを再開しようとする柊くんに口をとがらせるも、その必死さにほだされないこともない。喜んでくれたかどうかは見てわかるから、柊くんにだけ届いていればいいかな、なんて。

「……なに笑ってんの」

柊くんはすねたふうに口を曲げて、私のゆるみっぱなしな顔を指摘してくる。

がんばったごほうびをもらってる。とか、言ったら怒るかな。

「柊くんだって、笑ってたじゃない」

「今のは予想してなかった」

「ふふ」

どうしたってニヤけてしまう私を、柊くんは悔しそうに見つめながら、手を伸ばしてくる。ぐしゃぐしゃと頭をなでられて、乱れた髪の毛に怒るところだけれど。

「次は俺の番ね」

強気な笑みを浮かべられて思ったのは、また私の番がきたらがんばろうってこと。

順番なんて本来なくていいものかもしれないけど、初心者の私にはちょうどいい。

付き合うって、彼氏と彼女って、どういうことなんだろう。

わからないけど、すれ違う悲しさよりも、通じあえる喜びを胸いっぱいに感じられるふたりでいられたら、いいな。

『今日バイト？　部活休みだから、一緒に帰らない？』

六時間目の授業中に受信したメールへ、私はたしかにウン！と返信したはず。

「なんで私、咲と帰ろうとしてるんだろう……」

「は？」

うっかり本音をこぼしてしまった。

「咲とは帰りたくないってか。メグに置いていかれてるくせに」

ムッと眉を寄せた咲に毒づかれるのは仕方ないとしよう。問題はなぜ、柊くんが横居さんを含むいつものメンバーと廊下を進んでいくのかってことだ。

一緒に帰ろうと約束した私が、数メートルうしろを歩いてるっておかしくない？

「一緒に帰れると思ったのに……」

「忘れられてるか、夢でも見たんじゃない」

そんなバカな。

「それかまた、言ってくれるの待ってるんじゃないの」

「……ウソだあ～」

誘ったのは柊くんだよ？　もう攻守交替？　ないでしょ！　断固拒否する！　でも

一緒に帰りたい！

「眼力でメグが気づいてくれると思ったら大まちがいだよ」

「うぬう……」

ダメか。下駄箱まで来ちゃったし、約束も反故《ほご》になる可能性が高くなってきた。むしろ本当に夢だったとか。

「人気者を彼氏にもつと大変だねぇ」

「……横居さんに体当たりする度胸があれば、そうでもないんだろうけどね」

ハハハと乾いた笑いをこぼし、昇降口へ向かう柊くんの背中を視界のすみに入れながらローファーにはきかえる。

放課後になってすぐ、横居さんたちが柊くんを取り囲んでいた。きっと遊びに誘ったんだろう。こういう場合もあるってこと、覚えとかなきゃなあ。

「メグなにしてんの？　行くよーっ」

「いやだから、行かんて」

「だからなんでっ！」

「……」

昇降口の階段を降りたところで憤慨《ふんがい》している横居さんから、右上に視線を向ける。

開かれたドアの前で、柊くんは危うく通りすぎるところだった私を指さした。

「ひまりと帰る約束してるから」

……ヤバい。キュンときた。

「はあ⁉　聞いてない！」

「聞こうとしないから今言ったんだろー」

「メグが女子とふたりで帰るなんてありえない！　ダメ、許さない！　高遠ちゃんがどうなってもいいわけ⁉」

「横居は揺るがねえなー」

仏のごとく微笑む柊くんも動じなさすぎると思うけど、おかげで私も腹をくくれそう。というより、この機会を逃しちゃダメだって漠然《ばくぜん》と思った。

ライバル的存在な横居さんが目の前にいて、かつ、たくさんの生徒が下校中な今。

「どうなってもいいですか？」

腰を折った柊くんから顔をのぞくように問われた私は、

「……いいですよ」

視線だけ柊くんへ向け、答える。

「言ったね？」

言っちゃいました。

でも怖くないよ。にっと歯を見せて笑う柊くんが、欲しかった言葉だと思うから。

「じゃ、帰りますか」

差しだされた手をつかめばぐっと握り返され、引かれるがまま一歩踏みだす。

「やだー！　メグのバカーッ‼」

「ははっ。また明日なーっ」

「ばいばーい」

手を振るクラスメイトに混ざって、咲も見送ってくれていた。横居さんは相変わらずだけれど、肝心の柊くんは「おーコワ」と笑うだけで。

「まあ、俺以外がひまりをどうこうしようなんて、許さないけどね」

なんて恥ずかしげもなく言い切るものだから、つないだ手を強く握りしめた。

「えっ、マジ？」

「付き合ったってホントだったんだー」

かすかに耳に入ってくる会話の片鱗《へんりん》がこそばゆい。

みんなが柊くんを見つめる視線のなかに、私もちゃんと映ってるのかなあ。

「メグ、ついに⁉」

「おー。じゃあなー」

なんか、告白された時も同じようなことがあった。遠巻きにひそひそウワサされたり、直接問いただされたり……ふたりでいる時はさすがにこんな堂々とは聞かれなかったから、どんな顔で歩けばいいのか。

「あっ⁉　おいメグ、マジかよ、おまえーっ！」

真偽を確かめたいのは先輩たちも同じらしい。うおーって。みんな、そんなに盛りあがらなくても。

これじゃあ、電車に乗るまでまともに話せなさそう。

「っわ」

突然ぐいと天高く掲げられたのは、つないだ手のほうだった。

「ひまりと俺、両想いになりましたーっ！」

もう片方の手で作られたVサインと満面の笑みに、私の瞳はやっぱり万華鏡みたいにきらきらとしたものでいっぱいになる。さながらリングの上で勝者として名乗りをあげた気分だ。

感じる視線も、投げかけられる言葉も、すべてが祝福を含んでいるわけではないけれど。そのどれもが、景色を今までとは違うものに見せてくれるようで。

私、今ちょっと、主役っぽくない？

……だけど、私の中での主役はやっぱり、柊くんだな。

「言っちゃった」

いたずらっ子みたいに笑う彼を中心に、私の世界が回るように。振り回されて、振り回してみたい。

「言っちゃいましたね」

「怒った？」

「怒らないし、困ってもないよ」

どうなってもいい。柊くんと一緒にいられるなら。

そんなふうに伝えたら、どんな反応をされるんだろう。私が柊くんを好きで、大好きだってことを伝えたら、どうなるんだろう。

経験がないからわからない。わからないから気になる。

知りたくて、行動して、失敗して、恥ずかしい思いもうんとして。消えてしまいたいって思うこともあるかもしれない。それ以上に勇気を出さなきゃって思えたらいい。

だってやっぱり柊くんが、好きだから。

「私たち両想い？」

「両想いでしょ」

「どれくらい？」

「え、俺まさか愛してるとか言わされちゃう感じ？」

「ふはっ、あはは！」

言われなくたって大丈夫。

相変わらず外見に自信はないし、無遠慮に駆け寄る勇気も足りないけど。磨けば光るってことも、振りしぼれば出るものだってことも、恋をして知ったから。

出会えて、好きになって、付き合えたことが、すごくすごく幸せなんだってことを忘れるヒマもないくらい、素直でかわいい彼女になろう。

だからね、柊くん。

「私のこと、見ててね」

【END】

# 書籍限定番外編
## ―エピソード・ゼロ―

最近、つい見てしまう子がいる。

あ、と気づいた時には、やっぱり、って。それだけなんだけど。

「なにを見てるんだ?」

隣からさほど興味がなさそうな声で問われ、どきりと胸のあたりがこわばったのは、その言葉の意味を飲みこんでからだった。

「いや、ぼーっとしてた。女子って毎日、見た目違うのな」

机に腰かけていた俺は心持ち口角を上げ見向く。すると小鷹は全力で眉をひそめ、俺が見ていたあたりに鋭い視線を送るものだから、胸が騒いだ。

「そうか? どれも同じに見えるが」

「……小鷹のお眼鏡にかなう女子、見てみたいもんだね」

「いると思うか。無理だろ。人となりを見る前に、面倒くさくなるからな」

「もったいないイケメン代表め」

そう評した時には、すでに小鷹の目は開いていた文庫本に落ちていた。冷静でムダ話を好まない小鷹はこれまでの友達にはいなかったタイプで、その言動が俺にとっては新鮮で、心地悪いものではなかった。もっとも今は、自分がなにを——どの女子を見ていたのかということを、悟られないようにしていたせいでもあるんだけど。

小鷹が本から目を離さないのを見届け、視線をもとに戻す。

入学してから二カ月間、変わらない席順。まん中の列、前から三番目。ずっと口を動かしている友達に時折うなずきながら、ころころ表情を変えるひとりのクラスメイト。入学してから知りあった福嗣が、『ひまり』と呼んでいた気がする。

彼女はいつも、黒くて艶《つや》のある髪をサイドでひとつにくくっていた。ゆるい編みこみも、毛先のワンカールも、いつもと同じなのに、やっぱり違う。

――今日は水色と白の、ストライプ。

毎日違うのではと感じていたシュシュの柄が、今日も昨日と違うことを確かめ、窓の外へと目を向ける。

教室の窓枠に縁どられた空は青々としていて、白い雲はスクリーンに映っているみたいに大きくて。なにか特別なことが起こるような、そんなつかみどころのない高揚感を、ひそかに感じていた。

「全員クジ引いたかーっ？　騒いでないで荷物まとめて移動しろよー！」

休み時間並みにガヤガヤ騒がしい教室では、今まさに入学してから初めての席替えが終わったところで、どこの席になったか確認したり、席の交換を申し出たりとか、クラスメイトはとにかく動きまわっていた。

「やだぁー！　いちばん前の席なんだけどおーっ‼」

ひときわ大きな声で泣きごとを言った横居が、長い髪をふり乱して駆け寄ってくる。

「メグ‼　どこの席になった⁉　あたしいちばん前！　ありえなくない⁉」

ほぼ叫んでいる横居に、すでに聞こえてたよと思いながら「うしろの窓側」と返す。

「ウソウソ、やだ、離れたじゃん‼　もー、最っ悪‼　誰か交換してよーっ」

横井は自身の不運を嘆くが、交換という単語に誰も耳を貸そうとはしない。もちろん俺も、いちばん前なんて絶対いやだ。

「あきらめてがんばれ」

「やだぁ！　これから二カ月我慢しなきゃいけないなんて、サイテー！」

まあまあまあ、ときかん気の横居をなだめるのは友達にまかせ、俺は自分のクジに書かれた番号と、黒板の座席表を照らしあわせる。

二九番。窓側から二列目、うしろから二番目。うん、まちがえてない。

前後左右の席は誰だろうと考え、少しわくわくした。誰であろうと普通に仲良くしたいと思う。一年間同じ教室ですごすクラスメイトなら、ことさら。

移動するか、とまとめた荷物を持ちあげると。

「なあなあメグ！　どこだった？　俺はなかなかいい席だった！」

背後から福嗣が声をかけてきた。ずっと教室内をうろちょろしているから、おそらく荷物はとっくに新しい席へ置いたのだろう。

自分の席を告げると、福嗣は「マジ⁉」と声を張りあげた。

「うしろじゃん！　俺、メグの前の席！」

「おお、マジか。でも、頼むから授業中は静かにしろよ」

俺まで怒られるのは勘弁、と笑いながら荷物を机に置けば、

「はあん⁉　素直に喜べよ！　なあ、ひまりっ」

福嗣は唐突にその子を呼んで、俺を驚かせた。

え、と顔を上げた瞬間、丸くて綺麗な瞳と視線がぶつかって。なんだか時間が止まったような、呼吸の仕方まで忘れてしまったような、そんな感覚にとまどった。

――ひまり。福嗣の友達。苗字は知らない。でも、最近よく、目に入る子。

「え……もしかして、ふっくん、隣？」

困ったような、小さく控えめな声が、どうしてか耳に残った。

「そうっぽい！　よろしくなー」

「うん……」そう返事をして、ちらりと俺に向けた視線が福嗣へ戻る。

おとなしそうな子だなと思った。声が大きいわけでもなければ、笑顔を浮かべるわけでもないし、目立つ要素も見当たらない。

まあ、ほぼ知らない子だから、当然といえば当然だが。かろうじて俺が知っていることといえば、シュシュの柄やヘアゴムの装飾が、毎日違うってことくらい。

仲良くなれるのかなー……なれたら、いいな。

「なんか、ふっくんが隣って、ヘンな感じ」

「なんでだよ。そこ喜べよ」

「いや、とくにうれしくはないから喜べないけど」

その返答に、思わず目を見張る。しかし福嗣はいつもどおりで。

「おい傷つくだろーが。遠慮せず喜べ！」

彼女もまた、慣れているのか表情を崩さず、無反応だ。

「なぜ黙る⁉」

「いやだって……ふっくん彼女が欲しいのに、私が隣になったらそれがかなわないっていうか。チャンスを奪った気がして申し訳ないっていうか……気まずい」

「なんだよそんなことかよ！　気にすんなってー。なぜなら俺のうしろには縁結びの神が……おいメグ。なに笑ってやがる」

だってさ、今のってつまり、〝ひまり〟は福嗣の彼女になる気はさらさらないってことじゃん？　おとなしそうと感じた彼女が意外とはっきりものを言うのがおかしくて、俺はつい笑ってしまった。

「ていうか縁結びの神ってなんだよ。俺のことじゃないよな？」

「メグ以外に誰がいる。頼んだぞ神様」

ぽん、と真顔で肩を叩かれるが、いったいなにを期待しているのか。

「ってことでひまりも頼んだぞ！　遠慮なく紹介してくれていいからなっ」

ぐっと親指を立てた福嗣に、彼女は曖昧にうなずいた。面倒くさい、とか思ってるとしたら、気が合うかもね。――ってことは、仲良くなれるんじゃない？

「ふたりって、同じ中学だったとか？」

そう尋ねると、彼女の視線が俺に向いた。福嗣が「そうそう。同じクラスになるの二回目だよなー」と答えるけれど、俺は彼女が目を逸らす前にと、言葉を重ねていた。

「名前、なんていうの？」

「えっ」と小さくうめいた彼女は一瞬目を逸らし、そわそわと身体を揺らす。

「……高遠、です」

「高遠さんね！　俺、柊。福嗣のうしろだから、よろしくっ」

ようやく苗字がわかったと笑顔を向ければ、高遠さんは「こ、こちらこそ……」と頭を下げる。続けた「よろしくお願いします」がめっちゃ早口だったよ、高遠さん。

これはもしかしたら警戒されてるかもなあ……と思いながら担任の指示通り席に着く。同じように腰をかけた福嗣は、さっそく高遠さんに話しかけていた。

「いやあ。今回マジ奇跡のクジ運だわー。隣に昔なじみの理解者と、うしろに縁結びの神様だろ？　こりゃ彼女できるまで秒読みはじまってるな！」

だから縁結びの神ってなんだよ。言いたいことはなんとなくわかるけど……。

だからってうれしくもなんともない俺は、こっそりとため息をついたのに。

「人をダシにするのはどうかと思う」

高遠さんの言葉に息が止まる。その指摘は俺が飲みこんだものであり、はっきりと意見する高遠さんにまた驚かされたせいでもあった。

「バッカおまえ。使えるものは使っていかねーと。そんなんじゃ乗り遅れるぞ!?」

そして福嗣は揺るがない、と。まるで隠そうとしないから、憎めないんだよなあ。

それでも面倒なことに変わりはないから、極力関わらないようにしておこう。

「ふっくんはもうちょっと、こう……石橋を叩いて渡るくらいになったほうがいいよ」

「あー無理無理！　そんなんしてるヒマあったら、神様に頼んだほうがはえーわ！」

がははと笑う福嗣の頭を殴りたい衝動にかられていると、高遠さんの横顔が曇る。

あ……この席って、実はベストポジションかも。

「ふっくん……もう神頼みって、やばいと思わないの？」

「え？　なんで？」

「神頼みは最終手段だからってことだよ。バカだな」

うしろから口をはさむと、振りむいた福嗣は「はあん!?」と不服を申したててくるが、俺は取りあわず、高遠さんへ微笑んだ。

彼女は肩を揺らし、すぐに前を向いてしまったけれど、この席になってよかったなと思う。朝に感じた漠然とした高揚感は、この出来事を予感させるものだったのかもしれない。

高遠さんのななめうしろの席。いちいち探さなくても、確かめられるシュシュの柄。なんてことない。そう、本当になんてことない出来事なのに。頬づえをついた俺は、目を閉じて、わくわくともどきどきとも違う〝なにか〟が生まれるのを感じ、頬をゆるめた。


「高遠さんおはよー」

朝練を終え教室へ入った俺は、自分の席へ着く前に声をかける。

「お、おはようっ」

席替えをしてからもうすぐ一カ月。高遠さんは少しずつ俺に慣れてきたらしい。最初は警戒されていると思っていた態度は、実はただの緊張だったみたいで。

「なに見てたの？」

「えっ⁉　や、たいしたものじゃ……なんか、咲が好きそうだなあ……って」

いまだに緊張感が見え隠れするものの、こうして一生懸命に話してくれるから、個人的にはうちとけつつあると思う。「どれ？」と聞けば、携帯画面も見せてくれる。

「パンケーキだって」

へー、とのぞいた画面に度肝《どぎも》を抜かれる。

ドクロ、だと？　たしかにパンケーキだけど紫色だし、白やピンク色のハート型チョコもあるけど、チョコソースっぽいものが血を連想させてない？

なんだこれ。女子ってこういうのがかわいいと思うの？　予想外の画面に、なにか試練を受けさせられているような気分になる。なんて返すのが正解なんだよ、これ！

「んー……俺はあんまり食べたくない、かな」

悩んだ末に、正直に言う。すると高遠さんは意外にもきょとんとして、笑ってくれた。

「そうかなあ。どんな味がするか、気になる」

「……高遠さんも、そういうの好きなの？」

好きだったらどうしよう。いや、好きでもいいんだけど……。俺にはわからない好みだから、残念っていうか。共通点を探しちゃう俺からすると、困るっていうか。

「私はべつに……でも咲が好きだから。小物とか、つい見ちゃうんだ」

どこか申し訳なさそうに、それでも仕方ないってふうに眉を下げて笑う高遠さんは、俺にひとつ、想像させた。自分の好みでもない小物を手に取る姿。好きそうだなって、誰かを思ってうれしそうにする、そんな彼女を。

「あー……俺もそういうこと、あるな」

同意して微笑むと、高遠さんは目を丸くしたあと、照れくさそうに笑ってくれる。

こういう、感情を素直におもてに出すところ、いいと思う。

「ね。それさ、どこの店のパンケーキ？　食べにいくの？」

「えっ……と、どこでしょう。咲に見せようと思っただけで……」

焦ったように画面を操作する高遠さんに「送って」と自分の携帯を取りだす。

ああ。びっくりしてるな。ストレートに連絡先教えてって言ったほうがよかったかも。でも、どっちにしても高遠さんってきっと、うろたえるじゃん？

「ついでに連絡先、交換しようよ。クラス連絡で必要になる時もあるかもだし。それ、俺もどんな味するか気になるし。食べにいくかはわかんないけどね」

店の情報を送ってと頼んでおいて食べるかわかんないって。自分でも失礼なこと言ってるなって思ったけど、高遠さんはそれどころじゃないくらい困惑してるから。

「う、え、っと……」

「ていうか、俺の番号知らないと送れないか。高遠さんの番号って検索できる？」

「あ、検索、できるように、してなくて……」

「じゃあ振りあいっこするかー」

はい、と準備万端だった俺は携帯を差しだす。

「え⁉　ま、待って……今、えと」

必死に指を動かす高遠さんに、笑ってしまいそうになる俺は確信犯だ。こうなるってわかってて、急かすように話を進めた。慣れてないんだろうなあ……。準備ができた高遠さんの頬が、ほんのり紅潮していることに気づきながら携帯を振りあう。

「これさ、いつもどれくらい振ればいいんだろって思うんだよね。前に振りすぎて、手からすっぽ抜けたことあって。焦ったけど、ウケた」

笑っていると、携帯画面に〝ひまり〟と表示され、すぐに友達に追加する。手早くトーク画面を開き、スタンプを送信。それを高遠さんは確認したようだった。

「私も、落としたこと、あるよ」

控えめに微笑んだ彼女を目にとらえた時、手元の携帯が鳴った。さっきの店の情報。それから、恐縮した様子でおじぎするうさぎのスタンプ。なんだか自然とニヤけてしまう。

「ありがと。かわいいね、このうさぎ」

白くて、丸くて、汗マークとピンクのほっぺがちょっと高遠さんっぽい。

「百円です」とか、少しずれている返答に俺は笑って、「買おうかな」なんて。

「メグ！　ねーっ！　ちょっとこっち来て！」

横居に呼ばれ顔を上げると、ちょうど高遠さんも登校してきた友達に声をかけられたみたいで、お互いに自然と席を離れた。

俺が横居や小鷹たちと休日どこへ遊びにいくかって話をしている最中、高遠さんはドクロ好きの友達に携帯画面を見せたのか、担任が来るまで盛りあがっていた。

こっちもあっちも、なんてことない、いつもどおりの日常。だけどHRが始まって席に着いた時、今日初めて高遠さんのヘアゴムが目に入って。昨日と違う、って思ったけど。自ら確かめようとしなくなっていることに、あれ？って違和感を覚えた。

いつもどおりだけど、いつもどおりじゃない。高遠さんのななめうしろの席になってから、俺のなかでなにかが変わった。日課、とかいうと気持ち悪いけど。高遠さんのシュシュの柄を毎日確認するのが常だったのに、忘れてしまったみたいに。

……まあ、べつに毎日確認しなくても、死ぬわけじゃないんだし。気にするようなことでもない、と自分に言い聞かせながら、視線は高遠さんの横顔に向いていた。


――なにかが、足りない気がする。

誰とでも仲良くしたい。クラスメイトならなおさら。意識しなくても俺はいつだってそう考えていて、態度にだって表してきたと思う。仲が悪いよりは、いいほうが楽しいに決まってるし。今のクラスの雰囲気も悪くはない、はずなんだけどなあ……。

「おはよう」

いつも通り、俺よりも早く席に着いている高遠さんへ挨拶すると、彼女は顔を上げ、「おはよう」と返してくれる。

「ねえ、高遠さん、宿題やった？」

これも何度繰り返したかわからない、朝の会話。

「うん。柊くんは？」

「やろうと思った」

机にカバンを置いて、答える。

「高遠さんを見習ってね。やろうとは、思った」

それはつまりやってないってことだ。と高遠さんは理解したのか、苦笑い。

「その心意気は買いますけど……宿題は、やらないと」

「だよなあー。わかってるんだけど、眠くて」

「遅くまで部活だもんね」

気遣うような笑顔に、俺たちの関係は良好以外の何物でもないよなあと感じながらも、宿題見せてって言えるような間柄かどうか、考えた。

その一瞬の迷いのせいで、いつも、会話が途切れてしまう。

「メグおはよ！　なあ、ちょっと聞いて！」

ああ……今日もかよ。

もっと話していたいのに、一度離れた視線は別々の場所へ向いていていて。続けようと思えばできるはずの会話も、思考の海を泳いで遠くへ消えてしまう。

どうしようって思いながらも身体はいうことを聞かない、そんな感覚が増えた俺は後ろ髪を引かれるような思いで、声をかけてきたクラスメイトへ歩み寄る。

この、なんとも表現できない不自由な感覚。なんだっていうんだろう、本当に。

高遠さんと話してる時に限って、突然ぶつんと電源が落ちたみたいに、会話が強制終了される感じなんだよなあ……。消化不良、みたいな。

なんでだろ。なんで、こんなにもやもやするんだろう。そりゃ、グループは違うけど……同じクラスで授業を受けて、友達がいて、楽しそうなのは一緒なのに。

今はこんなにも、遠い。


「ひまりってさあ、ほんっと綺麗な字を書くよね！　習字でもやってたわけ!?」

化学室での授業が終わり、廊下へ出るとそんな声が聞こえてきた。

「急にどうしたの」と苦笑するのは高遠さんだ。

「だってまさに美文字って感じじゃん！　咲も練習しようかなー」

……へえ。高遠さんって、字、綺麗なんだ。

大人数で固まりながら、前を歩く高遠さんのうしろ姿を見ていると、

「なあ。このまま売店行かね？　また戻ってくんのダルいしー」

後方にいるクラスメイトが提案し、歩みが遅くなる。すでに昼休みに入っているため、賛同する奴のほうが多かった。でも俺は、じりじりと教室のほうへ歩を運ぶ。

「ごめん、先行っといて。財布持ってきてないし」

「えーっ、取りにいくのめんどいじゃん！　お金ならあたし貸すよ！」

「いやいや。すぐ戻るから」

横居に断りを入れ、口々に引き止めるみんなと別れる。

顔を上げた先では、高遠さんが廊下の角を曲がったところだった。

間に合え、とか。べつにみんながいるところで話しかけてもよかったじゃん、とか。なにしてんだ俺、とか。いろいろ思いながらも足が止まらないのは、朝から続いている消化不良をどうにかしたいから。

きっと俺はまだどこかで、高遠さんとうちとけられてないって感じているんだ。

今日の高遠さんはバンダナみたいな柄をしたリボンで髪を結っていて、俺の日課は完了しているとしても。知りたいのは、別のこと。

「いつも弁当なの？」

教室に入って、彼女が席に着いてるのを確認した俺は、高遠さんの横を通り過ぎ

る前に声をかけた。我ながら計画的というか、自然体を装うのがうまいなと思う。

机に弁当を広げようとしていた高遠さんは、ぱちくりと瞬きを繰り返す。

目が、くりっとしてるんだよなあ……。化粧っ気はないけど、白い肌は絶対ふわふわしてると思うくらい、やわらかそう。ていうか、弁当めっちゃ凝ってるな。

「……うん。私はお弁当。柊くん、は」

「そう。財布忘れたから取りにきた」

高遠さんの視線を感じながら、カバンから財布を取りだす。にしても耳が、むずがゆい。

柊くん。彼女は俺をそう呼ぶ。以前、メグでいいよって言ってみたら、慣れたら呼びますってやんわり断られてしまった。まあ、新鮮だからいいんだけど。

「うまそうだね、弁当。手作り？」

「あ、うん……半分はお母さんの手作りだけど」

「え⁉　じゃあ、もう半分は自分で作ってるってことっ？」

俺の驚きが伝染したみたいに、高遠さんは無言で首を縦に振る。

マジか……料理、得意なんだ？　俺は「すごいね」と続け、どれが高遠さんの手作りなのか聞いたところで、財布をポケットにしまう。思いもよらない新情報につい食いついてしまったが、本来の目的はべつにあるのだ。高遠さんの書く字を見てみたい。

でも、このタイミングでノート貸してって言うのは、ちょっと急じゃ……。

「……？」

いぶかしげに小首をかしげた高遠さんに、だよなあ！と思う。時間かけすぎた！

「ごめん、弁当食べるの邪魔してっ」

「えっ、いや、そんな……っ」

最後まで聞かず、その場をあとにする。

あーなにやってんだ俺は。これのどこが自然体装ってんだよ。へたくそか！

「遅かったな」

「うお‼」と俺が飛びのいたのは、突然目の前に小鷹が現れたから。教室を出るか出ないかの境目で、俺の心臓は拍動を早める。

「び、びっくりさせんなよ……！　てか、なんで小鷹がっ」

「なんでって、買い終わったからだろ」

小鷹の手には、売店で買った昼飯があった。相変わらず手早いことで……。

「メグも早く買いに行ったらどうだ。あいつら待ってるぞ」

「あー……うん」ちょっとまだ心臓がばくばくしてて、うまく頭が回らない。

「なんだ。具合でも悪いのか？」

「いや全然」

「顔が赤いぞ」

そのうち鎮まるだろうと思った動悸が、どきんと大きく乱れた。……顔が赤い？

「えっ、そう⁉　なんでだろ、暑いからかも！」

あははと笑ってみるも、今は涼しい梅雨だ。案の定、眉をひそめた小鷹にこれ以上追及されたらボロを出す気がして、「売店行ってくるわー」と教室を出た。

あーーーっ！て叫びだしたいのを、こらえながら。どうすれば自然に高遠さんの字を見られるだろうって考えながら。俺の顔はしばらく、赤くなったままだった。


「あ～……部活行きたくね～」

放課後、背中を丸め、机に左頬を押しつけながらぼやく。

「どうしたのメグ～。おつかれモードなの？」

「めずらしいな。運動好きのメグが」

周りにいる横居たちに心配されるものの、帰って寝たい気分の俺は生返事ばかり。

「お！　レナ登場！」

いっそこのまま寝てしまおうかと思った時、クラスメイトのひとりが声をあげた。沈黙が訪れたということは、たぶん、みんなが廊下へ視線を送ったのだろう。そこには入学時からかわいいと有名な一組のレナが友達と話している。

「やべえ超かわいい」

頭上から福嗣の声が落ちてくるが、俺は机を枕にしたまま、レナの姿を目に映す。栗色の長い髪。小さな顔。大きな瞳。華奢で小柄なせいか、羽織っているカーディガンが大きく見える。

……かわいい、かなあ。

か弱そうっていうか、守ってあげなきゃって思わせるような雰囲気があるから、惹かれる奴は多いかもしれないけど。俺が前に話した時は、明るくて、いい子そうだなって印象をもったくらいで、特別かわいいかはよくわからない。

すると、レナがこちらの視線に気づき、にこりと微笑んで手を振ってくる。頭上でぶんぶんと風を切る音を出しているのは、福嗣だな。絶対。

「か〜わいいよなあ」

でれでれとしたクラスメイトの声と、「そうでもなくない？」と強気な横居の声を耳に、俺の目が一点で止まる。まだ帰ってなかったんだ、高遠さん。

「ねえメグ！　メグだってべつにレナのことかわいいとか思わないよねえ⁉」

突然、横居に肩を揺さぶられたせいで視点がぶれる。

「おいー……今めっちゃ頬骨がゴリッていったんですけど」

「なんで否定しないの⁉　メグ、ああいうのがタイプなの⁉」

「タイプなんかねえって……わかったから、揺ーらーすーなー」

答えている最中も、ねえねえねえ！と横居の追求及が止まらないので、揺れる視界で我慢するしかなさそうだ。

高遠さんは、メイクを直す友達のうしろの席で、その様子を眺めている。メイクの話でもしているのか、人差し指で友達の顔を指し示しては、ひとことふたこと話し、笑いあう。一緒に鏡をのぞきこんだと思えば、なにか言われたのか驚いた顔をして、首を振る。

嫌そうな顔。嘆く顔。恥ずかしそうな顔。怒った顔。楽しそうな……笑顔。

ころころ表情が変わるなって思ったら、目が離せなかった。

「メグってば！　メグはかわいいと美人だったらどっち派なわけ⁉　ねえっ！」

「えー……」それより俺のほっぺつぶれすぎておもしろい顔になってない？

「どんな子がタイプか教えてくれたっていいじゃん！」

「あー……」どんな子、って。べつに、普通の。

「作ってない感じ？」

高遠さんを見ながら答えた俺は、自分自身の返答にちょっと驚いた。そうなんだ、って。口に出してはじめてしっくりきたから。

「あはっ。ちょっと聞いた⁉　やっぱりメグはあんたらと違ってレナの本性に気づいてる！　あんなふうに手を振ってくる女はね、性格作ってるに決まってんだから‼」

「おい夢を壊すようなこと言うんじゃねーよ‼」

「かわいけりゃいいべやー」

「うーわ、顔さえ良ければいいとかサイテー」

なにやら周りで言い争いが起きているが、俺はだらりと机に身をゆだねたまま、席を立った高遠さんを見ていた。

こっち、見ないかな。この距離じゃ、ばいばいって言うこともできない。目さえ合えば、手を振るくらいならできるのに。

小さな望みは届くことなく。高遠さんは一度も俺を見ずに、友達と帰っていった。

もどかしい。最近なんだかもどかしくて、やるせない。

自宅で宿題とにらめっこしていた俺は、解けない問題に音をあげたところで、気分転換に携帯を手にした。

返事、返ってこないなあ。宿題の範囲を教えてもらって十数分、『ありがとー！』と返してから高遠さんの返信は止まっていた。まあ、用は済んでるんだけど。

実は俺が連絡しすぎていて、高遠さんは面倒くせえって思ってる、とか？　いやでも、そんなに回数多くないし、用があって連絡してるつもり、なんだけど……。

席替えをしてから一カ月以上、高遠さんとの距離は思うように縮められないまま。

「はああ……」

なんか俺、気にしすぎなのかな。席が近くなったとしても、グループは違うんだからすごせる時間が限られているのは当然のことで。中学時代だって全員と同じくらい仲良くなれなくたって、ある程度話せるようになれば充実していたはずなのに。

なんで気にしてる？　なんで遠くに感じる？　今のままじゃ、不満だってか。

「……」

ぴこん、と考えこんでいた俺の手もとで通知が鳴る。来た！と飛び起きたせいで膝を机の下にぶつけ、痛みにもだえながら二連続で届いた内容を確認する。

高遠さんからの返信は、『いえいえ』という文字と、『ファイト！』と旗を振ったうさぎのスタンプだった。

……これだけ？　いやまったく問題ないけど……これに、二十分かけた？　まさかな。

返信にかかった時間の理由を自分で否定してみても、脳裏に浮かぶのは悩みに悩んで返信を決めた彼女の姿。単に夕飯を食べていたとか、他の友達と話していたとか、理由はいくらでもあるはずなのに、想像上の高遠さんはきっと現実と遜色《そんしょく》ないと思わせるから。かわいいなあ、って。俺の頬はゆるみきってしまう。

『めっちゃやる気出た‼　がんばる！』

気持ちのままにそう送ってから携帯を置き、もう一度送った内容を確認する。

なんだこれ……うわ、なんか改めて読み返すとすげえ恥ずかしい。

湧きあがったはずのやる気とはべつに、膨れあがった気恥ずかしさのあまり、机へつっ伏した。心臓まで早鐘を打つものだから、苦しくて。

……まさか、な。うん。ないない。

顔を出しかけている芽にそっと土をかぶせるみたいにして、思考を断ち切る。だけど自分の返信についた既読の文字に感じる、締めつけられるような胸の痛みは、なかなか消えてくれなかった。


「もうすぐ夏休みだよなー。なにして遊ぶ？」

その前にテストだよ。出された宿題の多さにうんざりして迎えた休み時間。七人くらいで固まっているところに、俺はひとり、本日最後の授業を目前に眠気と戦っていた。

「メグ、最近おつかれじゃね？」

うつらうつらしていた俺は薄目を開け、顔をのぞいてくる福嗣を見返す。

「眠い。寝たい」

「今日部活休みでよかったな」

思う存分寝てやりますよ。小鷹に心の中で受け答えると、「えーっ」と横居が不満をもらしたが、今日はなにを言われても絶対に遊びにいくことはない。それくらい眠い。なんでかって、昨日は結局そわそわして、思考もうまく断ち切れなくて、なかなか寝つけなかったから。

どうにかしたいよなあ……この、すっきりしない感じ。解消する方法をいろいろ考えてみた結果、今よりも仲良くなれば満足するんじゃないか、って。そうとなれば、もっと話すしかない、のだけれど。

ぼんやりと見つめていたら彼女と目が合って、素早く逸らされてしまった。

高遠さんって俺のこと、どう思ってるんだろう。

休み時間終了のチャイムを遠くに感じながら、重いまぶたを閉じた。

「――メグッ‼」

ぱちっと目を開けると、自分のあだ名が頭のなかで反響している。

「あ……？」

なに、授業はじまった？　教室へ視線をめぐらせていた俺は振り返っている高遠さんが目に入り、福嗣が言っていることを理解するのが遅れた。

「清掃時間だっつーの！　本日の授業は終了！　起きたなら机下げろって！」

「……、……えっ⁉　うわ、本気で寝てた‼」

がたがたと机を下げる準備をする間、周囲はクスクスとした笑いに包まれる。

うわあ……やらかした！　マジで記憶ない！

「まれに見るガチ寝だったぞ。何回名指しされても起きなかったもんなー」

福嗣は俺と隣の高遠さんへ言っているようだが、覚えのない俺は羞恥心《しゅうちしん》をこらえて教材をしまう。あんなに眠かったはずなのに、今じゃすっかり目が冴えていた。

「……俺そんなに爆睡してた？」

同じように机を下げ終わったタイミングで、高遠さんに聞いてみる。絶対に見られていたに決まっているけれど、確かめないほうが落ち着かなくて。

「うん」とうなずく高遠さんに、だよなあ！と頭を抱えたくなりながら続ける。

「めっちゃ恥ずかしいんだけど」

「え、でも、かわいかったよ。寝顔」

気分は最悪なのに、高遠さんはなんてことないように言うから、頬が熱を帯びた。

かわいいって……うれしく、ないよ。なんで見ちゃうんだよ、寝顔なんか。

「……追いうちだあ」

「柊くんでも授業中、寝ちゃうことあるんだね」

「えっ⁉　な、なんで⁉」

なんでもくそもない。どうせならかっこわるいところより、かっこいいところを見て欲しかった。それなのに高遠さんは、見栄を飾りたいだけの俺に対して、必死に言葉を探してくれる。

「悪い意味じゃなくてっ……えと、私も寝そうな時あるから、親近感、ていうかっ」

そうしていつも、俺の心拍数をほんの少しだけ上げるんだ。

「授業中に寝てるだけで、親近感？」

こくこくうなずく高遠さんは気づいてないんだろうな。その言葉が俺にとってどれだけうれしくて、欲しがっていたものかなんて。

……まあ、俺も今、気づいたんだけど。

「メグ行くぞー」

同じ清掃班のクラスメイトに呼ばれ顔を向けるも、俺はひらりと手を振った。

「先に行ってて」

と高遠さんへ目を戻せば、彼女は少し驚いた様子で、だけど変わらずその場に留まっていた。それだけで、頬がゆるむ。

「あのさ、ノート借りてもいい？」

いいよー、なんて軽く返せない高遠さんは「え、あ、はいっ」とうろたえながらもノートを取りにいく。一瞬固まったのは、ノートを見せるのをためらったのだろう。

「あの、私のノートで、いいの？」

「……、もちろん。なんで？」

「とり方、そんなにうまくないから……」

「え？　もしかして、解読不可能なくらいミミズ文字とか？」

「それはないっ！」

　勢いよく顔を上げた彼女に「冗談だよ」と笑いながら、それでも不安そうな様子に微笑み、ノートを受け取る。ようやく手にしたそれに喜ぶ間もなく、まず表紙の『高遠陽鞠』が想像以上にキレイな字で書かれていて驚いた。

「へえ。ひまりって、こう書くんだ」

　知っていたけど。初めて見た時に、高くて遠い太陽に鞠、って覚えたから。

「かわいいよね、ひまりって」

　名前のことを指したつもりが、高遠さんのことを言ったみたいになってしまった。するると彼女は目を見張った次の瞬間、ぶわっと顔をまっ赤に染めあげた。

「な、名前ね！　たまに言われるっ」

　そううつむいてしまった彼女はなにやら葛藤しているようだ。かわいいって言われたのは名前のことで自分のことじゃない！とか。恥ずか死ぬ！とか思ってそう。

　そういう、とりつくろおうとしない感じ、好きだなあ……。

胸の奥がキュッと音を立てた気がして、口をへの字に曲げる。マジか、これ。

とたんに身体中がむずがゆくなった俺は、まごつきながら、この場を去るために、借りたノートでうつむいたままの頭をぺしっと叩く。

目が合う前になんとか笑顔を作るつもりが、まだ赤い顔で見上げられたものだから、かわいいって感じたままに、笑っていた。

「ノートありがと、ひまり」

この瞬間から、名前を呼ぶことにした俺を追う、彼女の瞳。それはきらきらとまぶしくも温かくて、まるで木もれ日みたいに、俺の心にさす光をまとっていた。


「ねえ。メグって人」

次の日の休み時間。ベランダで小鷹と福嗣に近づいてきたテストへの不満をもらしていると、赤茶の髪をした女子が現れた。そのツインテールは見覚えがある。

「森さん。なに？　ていうか、メグって人はなくない？」

「じゃあメグ。ノート返して。あと咲のこと苗字で呼ばないで」

……おお。なんだこの既視感《きしかん》。ひまりといつも一緒にいる子だと思って笑ったのに、無表情で端的に要件だけ言われたよ。てかノートって、まさか。

「なになに。咲が男子に話しかけるなんてめずらしーじゃん！　ノートって？」

福嗣を黙らせる前に、咲は「ひまりのノート」と答えてしまう。

「あー……勝手に机からとってくれて……いや、まず自分で返すわ」

「咲が借りるんだからひまりじゃなくて咲に渡して。それとも話すきっかけを奪われたくないって？　咲的にモテ男が面白半分にちょっかい出すなって感じなんですが」

「……」

まさかの前途多難かな、これ。予想外の連続に笑顔のまま固まった俺は、咲が「勝手にとるから」と踵を返しても、先ほど言われたことをぐるぐると反芻していた。

「え？」と背後から福嗣が声をあげ、「え⁉」と俺も振り返る。

「メグ、ひまりにちょっかいだしてんの？」

「出してない！」

いや、出してんの⁉　わかんねえ！　咲の目にはそう映ってるってことだよな⁉

「なんだ。好きなわけじゃないのか」

さらりと口にした小鷹に、俺の意志など関係なく、顔に熱が集まった。

「好っ……き、とかじゃ……！」

「じゃあその顔の赤さはなんなんだ」

「あああ‼　やめろよその冷静な指摘いいい！」

まるで福嗣のようだが、淡々とした小鷹相手に落ち着きはらうなんて無理で、かつ前から疑っていたような口ぶりに叫ばずにはいられなかった。

最悪だ……帰りたい。穴があったら入りたい。なんでバレてんだよ。好きだなと好きかもを行き来してるだけだったのに、今じゃもうはっきりと好きに変わっている。

「死にそうなんですけど……」

うう、と恥ずかしさに顔を両手でおおう。絶対まだ赤いよ、顔。

「え……メグ、マジで言ってんの？」

「大真面目だろうな」

「おいおいおいマジか‼　特ダネじゃん！　なにこれ超楽しい‼」

なにも楽しくない。まさかこんな形で気持ちがはっきりするなんて、バレるなんて、思わなかったし。好きだと認めたところで進む道は見えないままだ。

「で〜？　メグはどうするんですかぁ〜？」

「その前にテストだろ。俺が勉強見てやって赤点なんてとったら許さないからな」

ニヤニヤする福嗣に小鷹が釘を刺し、俺まで現実に引き戻される。

そう、今重要なのはテストを乗りきること。そしたらすぐ、夏休みだ。

結局、好きの気持ちを秘めたまま夏休みに入ってしまった。

部活づけの毎日と、休みの日は街へ遊びにでるだけの日々に、後悔しはじめている。

いるわけないってわかっているのに、探してしまうのは彼女の姿。たまに連絡はとっているけれど、声が聞きたい。姿を見たい。なんならシュシュの柄だけでも見たい。

まさか自分がこんな気持ちを味わうなんて。

はあ、とため息をこぼすと、

「俺はもうダメかもしれない」

部活が終わったあと、着替えもせずにどこへ消えたのかと思っていた福嗣が、どんよりと影を背負って現れた。俺と小鷹は部室棟の階段に座ったまま福嗣を見上げる。

……ダメって。その聞き覚えのある感じ、まさかまたフラれたのか？

「え？　福嗣、先月も誰かに告ってなかった？」

「連続でフラれた。俺はもう本当にダメかもしれない」

「おまえの〝かもしれない〟は経験上、大丈夫だと無意識に思っているから出る言葉だろ。なぐさめないぞ」

読書の邪魔をするなと言わんばかりの小鷹に、福嗣は涙目になっていく。

「なぐさめろよおおおお‼」

大声で訴える福嗣に本を取りあげられた小鷹は、思いきり顔をしかめた。

あーあ……電車の時間までとはいえ、いちおう福嗣を待っていたというのに。

「先月も同じこと言ってただろうが。その惚れっぽさはなんなんだ。病気か」

「恋ってもんは人類が患ってしまう、明確な治療法のない病だろうが‼」

「うるさい。さっさと着替えてこい」

「メグゥ！」

うわ、来た。小鷹から本を奪い返され、かつ見捨てられた福嗣からロックオンを受けた俺は、さっと目を逸らす。

「俺に彼女という特効薬をめぐんでください‼」

「ぶふっ……ちょ、笑わせんな」

「はあああん⁉　俺は真面目に言ってるんですうーっ‼」

だって特効薬とか、言い得て妙だろ。おもしろいよなあ、福嗣って。

「そうやって誰かれかまわず彼女欲しい欲しいって言わなきゃいいんじゃない？」

くくっと笑いながら提案するも、福嗣は聞く耳を持たないから困ったもんだ。

フラれてもすぐ別の子を好きになるし、時期尚早だって止めても勢いまかせに告白するし。ある意味、その行動力がうらやましくもあるけれど。

「ほんと、ひまりの言うとおりだと思う」

石橋を叩いて渡る、ってやつ。

「ひまり？」

福嗣と小鷹の声が重なり、俺はふたりを見返す。なんだよ。

「そういえば、どうなってるんだ？」

墓穴を掘ったらしい。小首をかしげた小鷹に「どうもなってないよ」と苦笑する。

そうしてただ消費するだけの日々を痛感して、また後悔が募っていく。

「その、ひまりって女子はどんな奴なんだ」

「……どんなって」

「いい奴だよなあ？　っても小鷹は話したことないから知らねえか～」

そういえばそうだ。説明するのがむずかしいなと思っていると、福嗣は続ける。

「ひまりはな～、菓子作りはうまいし、宿題は見せてくれるし。お前らと違って最後まで話を聞いてくれるうえに、なぐさめてくれるいい奴だ！」

え……。福嗣の説明に、ちりっと胸の奥が焼けつくような感覚を覚える。

「彼女と仲良いのか」

「まあ普通に？　でも言われてみれば女子ではいちばん付き合い長いかもなー」

幼稚園から一緒だし、という新たな情報に衝撃を受けたのは俺だけかもしれない。

へー、そうなんだ。って、いつもなら軽く返せるはずなのに。ちりちりと大きくなる胸の痛みが、喉の渇きまでつれてくる。

「幼稚園からって。彼女にとっては迷惑千万だろうな」

「小鷹くーん。ひまりをわかってねえな！　何回相談に乗ってくれたと思ってる！

あいつは面倒がっても結局俺を見捨てられない、優しい奴なんだぞ！」

「見捨てられればいいのに」

ぽつりと出た言葉を福嗣は聞いちゃいなくて、「そうとわかればひまりになぐさめてもらう」とか「おまえらなんかもう知らん」とか、本当にひまりへ電話をかけはじめて。思わず福嗣の携帯を奪いとる自分を想像した。

出たらどうしよう、って。俺もさっさと電話しとくんだった、って。ひまりが福嗣の電話に出なくてほっとしても、自分の不甲斐なさが強く残った。

「なんだよもー……。あーそういえばバイトはじめるだか、はじめただか言ってたかも」

だから、なんでおまえのほうがくわしい、みたいな空気なんだっていう……。

こんな思いをするくらいなら、石橋をくだいて飛び越えたほうがマシかもな。

ため息をこぼした俺は立ちあがり、「帰る」と告げた。

「え!?　なんでだよ、着替えてくるから待ってろ！」

いやだよ。と思った俺の心境など知る由もない福嗣は階段を駆けあがっていく。

がしがしと頭をかく俺は、視線を注がれていることに気づくのが遅れた。

「機嫌が悪いな？」

小鷹は見透かすことが当然のように言い当てるものだから、口をとがらせる。

「……べつに」

寝れば、忘れるし。なんて強がってみるけれど、こんな嫉妬は誰を思い浮かべたら吹き飛ぶかってことくらい、知っているから。電話をかけてみようと、思う。

俺は緊張でどうにかなりそうだけど、きっとそれ以上に彼女は驚いて、それでも一生懸命話してくれる。そんな姿を思い描けば、なんでもできそうな気がした。

長かった夏休みが終わり、始業式の日に席替えが行われ、ひまりとは席が離れた。でも気持ちまで離れることはなく、むしろ以前にも増して積極的に話しかけるようになっていた。姿を見かければ、どこでだって。

「わっ」

びくっと震えた小さな肩がおそるおそる振り返り、俺は笑みを浮かべる。

「おはよーひまり」

「お、はよう……？」

うしろに立っているのは俺だけなのに、ちらちら背後を確認するひまりにぷすすと笑いながら咲にもおはようと挨拶する。

「うん。てか今の『わっ』てなに？　小学生？　ひまりの寿命を縮めたいの？」

つっこまずにいられないらしい咲の性格にも耐性がついた俺は、「私は大丈夫！

びっくりはしたけど！」と仲裁に入る相変わらずのひまりに拳を差しだす。

「じゃあ、びっくりさせたおわび」

ひまりは不思議そうに手のひらを出す。その手にいちごミルクのあめ玉がふたつ転がると、丸い瞳がきらきらと輝く。甘いもの好きだもんね？　かわいいなあとまじまじ見つめていると、ひまりは突然思い出したかのように自分のカバンの中をあさりはじめた。

ずいっと差しだされた、青りんご味のチューイングキャンディーふたつを受け取る。

「くれるの？」

「お返し」

柔和な笑みを浮かべるひまりは、自分の行動を疑ってもいないんだろう。

「ははっ！　俺までもらったら、おわびにならないじゃんかっ」

まさかの物々交換にくつくつ笑うと、ひまりはやっぱり頬を染め、うろたえる。

「で、でも……あ！　咲⁉　ちょっと！」

「おわびじゃないなら咲が食べても問題ないでしょ」

いちごミルクのあめ玉を口に放りこんだ咲は、ひまりが嘆くのもおかまいなしにバリボリとすぐさま噛みくだき、俺に鋭い視線を向ける。どこまでわかってるんだかなあ。

「ご、ごめん……」

「ん？　なんでひまりがあやまんの。いいよ、またあげるから。ノートも借りてることだしね」

「今すぐ返せ」

そう言って、なにやら敵視してくる咲に、意地悪く口角を上げてみせる。

「あーごめん。写すのに今日一日かかると思うから。まだ貸しといてもらってもいい？」

「ひまり。もうメグに貸すのやめな。今までが借りすぎだし。金とっていいレベル！」

「とるわけがない‼　なにいってんの咲！」

ひまりはびっくりしながらも、ぴしゃりと言い放つ。そんなひまりは咲相手だから出てくるもので、俺にはまだそんなふうに緊張もなく話してはくれない。

でも、いいんだ。今は、それでも。

「私は次の授業までに返してもらえればそれでいい、し……」

微笑む俺を見上げ、言葉につまったひまりは、考えたことあるかな。あるといいな。

俺がひまりに特別な感情を抱いているってこと。

「放課後には返すから」

ごめんな、と両手を合わせ、その場をあとにする。

咲の視線は思っていたよりも痛いし、ひまりは不意に落ち着かない様子になるけれど、会えなかった夏休み中に考えて、決めたことは揺るがない。

同じクラスで、挨拶も連絡もいつだってできる関係で、ノートを借りたり、他愛ない話をしたり、それだけでも幸せだけど。

どこか切なさを感じるのは、もっと話していたくて、ずっとそばにいてみたくて、ふたりだけの思い出を、いくつも作ってみたいから。

自分の席に着くと、福嗣や横居たちが話しかけてくる。その会話の合間にひまりへ視線を向け、目が合わないかなって思う。今はまだ、遠いけど。きっといちばん近くへ行ってみせる。だから、気づいて欲しい。応えて欲しいんだ、ひまり。

目が合うたびに、好きだって、伝えてる。


「胃がねじ切れそう」

部活が休みの放課後、人気のない屋上前の踊り場でうずまくっていた俺がぼやくと、粉末タイプの胃薬を手渡された。

心配りはありがたいんだけど、俺の胃痛は緊張からくるもので、胃薬を飲んだところで乗りきれるわけじゃないからな？

わかっているんだか、わかっていないんだか。隣で文庫本を読む小鷹は自由気ままでありながら、俺と一緒に予定時刻をすぎても戻らない福嗣を待っていてくれる。

「……頼む奴、まちがえたかなあ」

ページをめくる音に、ふ、と小鷹のかすかな笑い声が重なる。

「俺だったら絶対に頼まない」

「やっぱり!?　あーくそ、なんか借りまで作っちゃった気がする！」

「判断力が鈍るほど、早く伝えたかったか」

ひまりに、と続けた小鷹へ目をやる。俺が答えずとも、見て明らかとでも言いように、小鷹はすぐ本へ目を落とした。

人の恋路にこれだけ敏感なくせに、恋愛には興味がないとか実はウソだろ。

心の表面で苦しまぎれの悪態をつくも、小鷹に図星をつかれた俺は恥ずかしさと緊張で今にも床の上を転げ回りたい気分だった。

夏休み中に、告白すると決めた。いつにするかは明確に決めていなかったけれど、日に日に増す想いにあてられて、行動に移すのは思いのほか早かったと思う。

夏休みが明けて一週間ちょっと。久しぶりに会ったひまりの言動はいちいちかわいく感じてしまうし、もっと一緒にいたい、もっといろんな表情が見たいって、欲はとどまるところを知らないし。こんなのってたぶん、重症だ。

「フラれたらどうしよう……」

「骨は拾ってやる」

福嗣が涙目になる気持ち、ちょっとわかった。ウソでも否定してほしかった。

「え、なあ、ちょっと。小鷹的にフラれる可能性って何％くらいあると思う？」

「半々」

七十％以上だったら抗議するつもりだったが、リアルな数字にがくっと肩を落とす。

つまりまったくわからないってことと同義だろ、それ。俺もだよ。

ひまりに嫌われているとは思わない。むしろ好意的なほうだと思うし。だけど、それだけだ。嫌われてないって感じるだけで、それ以上のことはなにもなくて。俺がアクションを起こさなければ、なにも起こらない。そんな関係だと思う。

だからこそ告白しないと、って思ったわけで。

人目を避けたかったのと、放課後ふたりきりでいるところを見られたらウワサになるんじゃないかっていうふたりの助言も加味したうえで、ほとんど生徒が残っていない時間を狙った。俺がひまりを呼びだせばよかったのだけれど、いかにもな空気になるのも恥ずかしくて、悩んだ末、福嗣に協力を仰ぎ偶然を装うことにしていた。

「うあー……胃薬飲んどくかなあ……」

「今さら遅い」と小鷹が言ったのは、福嗣が階段を駆けあがってきたからだった。

「大っ成功ー‼　もう準備万端だぜ！　なにがって？　告白シチュエーションだろ！」

ばちこーんと音が聞こえそうなウィンクまでする福嗣に、生気が吸い取られる。

「不安しかない……」

「同感だ」

「おいなんでだよ！　言われたとおり、教室に引きとめてるっつーの！　わざわざしたくもない勉強までしてさー。次から次へとわからない問題探すのも大変だったんだぞ⁉　まあ今日の宿題まで終わらせてくれたからいいけど」

ふざけるな、俺だってひまりに勉強教えてもらいたいわ。

それとなくひまりを引きとめておいて欲しいと頼んだのは俺なのに、聞いていたとおり福嗣の頼みを断らない彼女にもやきもきしてしまう。まさか福嗣がいちばんのライバルになり得る、とか……やめよう。考えても闘争心しかわかない。

せわしなく変化する自分の感情をコントロールできないまま、「それで」と小鷹がうながす。

「おまえはなんて言って抜けだしてきたんだ」

「余裕だったぞ？　メグから電話かかってきたフリして、『え？　ノート？　今ひまりといるけど？　おーおー、わかった！』って。そんで、『メグが、ごめん今からノート返しにいくだとさ』って。俺はついでに便所行ってくるって出てきた」

自然なんだか不自然なんだか。感謝すべきか迷っていると、福嗣は得意げに笑う。

「俺の名演技に感謝感激？　よせよ照れるだろ」

「……」

「メグ。気持ちはわかるけど、今は腹をくくれ」

今までもう何十回もくくってるんだって……。

うつむく俺はどうにか緊張を飲みこもうとするけれど、焦れば焦るほどうまくいかない。

「つーかさっきから黙って、なに!?　緊張かな!?　ほぐしてあげまちょうかぁ～？」

わずかに上へひろげた視界で、福嗣がひょっとこみたいな顔をして両手を広げている。和ませようとでも思ってくれているんだろうけど。

「殴りたいわあ……」

「お。しゃべった」

「早く行かないと怪しまれるぞ」

ふたりの、なにも心配していなさそうな表情を見て、座りこんでいた俺はぐしゃぐしゃと頭をかいた。いざ告白となると、こんなにも意気地がなくなるとは。

まず、借りているノートを返さないといけないわけで。そこから告白に持っていかなきゃいけないわけで……。あーダメだ。ろくな言い方できないかも。噛むよ、絶対。

でも、行かないと。

「……びっくりするかなあ……するよな、きっと」

大した接点もない俺が、なんで、って。不安を表情に映す俺に、

「俺がメグに告白されたら、ガッツポーズもんだけどな。俺の時代来たレベル」

福嗣はあんまりうれしくない、けれど励まされるたとえ話をして、

「仮になにか問題発生しても、フォローしてやる」

小鷹はあんまりらしくないことを言いながら、でも必ずそうしてくれると思わせる。

協力してもらって、背中を押してもらって、やっぱ告白しません、なんて、男じゃないよなあ……。なによりそんな自分には、なりたくない。

「行ってくる」

教室で待つ彼女の姿を思い浮かべ、意を決して立ちあがった。

「報告待ってるからなー！」という福嗣の声を背に、階段を降り教室へ向かう。

ドアを開けて、なんて声をかけよう。どう切りだす？　やっぱり驚くかな。困らせるかな。赤く、なるかな。今の俺と同じように。

「くそ……」

想像しただけでこんなの、ダサすぎる。

一歩進むたびに心拍数は上がるようで、廊下にさすオレンジ色の陽の光はやわらかく、俺の『人生初めての告白』を演出してくれるよう。

告白したあとのことはまるで想像できない。フラれるかもしれないし、今日から付き合えるかもしれない。ただひとつわかるのは、どう転がっても、この想いを伝えたことは、きっと一生俺のなかに残るってこと。

教室内にひまりの姿をとらえ、足を止めた。ドアを開ける前に、深呼吸。

本当は強引にでも彼女にしたいけど、そんな度胸も自信もない俺だから。

「ひまり」

まずは伝えるところから、はじめよう。

## あとがき

このたびは『柊くんは私のことが好きらしい』をお手にとっていただき、ありがとうございます。野いちご文庫という新しいレーベルに仲間入りできたこと、今でも信じられず、どきどきそわそわしております。

本作は活動していなかった期間に水面下で書いていたもので、長編としては初めて完結してから公開したお話でした。そのため更新中の思い出というものがないのですが、完結後の思い出が日に日に増えていくことは贈り物をもらっているようで、なにより感想をいただいた時の喜びというものは以前と変わらず特別だなあと改めて実感することができ、思い入れのある作品となりました。

ひまりのかわいくなりたい、という気持ち。一度でも思ったことがある方は多いんじゃないかなと思います。ひまりは容姿に自信のない女の子でしたが、見た目だろうと性格だろうと、かわいいは無限だと思います。笑顔がかわいい。仕草がかわいい。話し方がかわいい。服装がかわいい。ヘアメイクがかわいい。人の数だけ意見があるように、人はそれぞれ見ている部分も違って。どこに惹かれるかなんて、その時にならなければわからないことも多いです。

どこを、何を、好きだと感じたのか。どれだけの好きが積み重なって、恋に、友情に、信頼に繋がったのか。それは相手にとっても宝物になり得る素敵なものだと思います。

伝えるということは時に苦しく、報われるばかりではないけれど。恥ずかしくて、素直になれなかったりもするけれど。伝えなければ訪れることのなかったメグとひまりの日々から、わずかでも何かを感じてもらえたら嬉しいです。


最後に、いつも真摯に相談や要望に耳をかたむけてくださった担当の飯野様。お手を貸してくださったミケハラ編集室様。番外編を書くきっかけになるほど登場人物たちに彩りを添えてくださったOff様。デザイナーの齋藤様。スターツ出版の皆様。文庫化にあたりご尽力いただき、携わってくださった全ての方々に厚く御礼申し上げます。そして怠け者の私をいつも応援してくださる読者の皆様。この作品に限らず、読んでくださる方々がいるおかげで、このような機会をいただくことができました。本当に、本当に、ありがとうございました。

またどこかでお会いできたら幸いです。

二〇一七年十二月二十五日　愛を込めて。　沙絢この物語はフィクションです。実在の人物、団体等とは一切関係がありません。

沙絢先生への
ファンレター宛先
〒104-0031　東京都中央区京橋1-3-1　八重洲口大栄ビル7F
スターツ出版（株）書籍編集部気付 沙絢先生

柊くんは私のことが好きらしい

2017年12月25日　初版第1刷発行

著　者　沙絢　© Saaya 2017

発行人　松島滋
イラスト　Off
デザイン　齋藤知恵子
DTP　朝日メディアインターナショナル株式会社
編集　飯野理美
編集協力　ミケハラ編集室
発行所　スターツ出版株式会社
〒104-0031
東京都中央区京橋1-3-1 八重洲口大栄ビル7F
TEL 販売部03-6202-0386（ご注文等に関するお問い合わせ）
http://starts-pub.jp/

印刷所　共同印刷株式会社
Printed in Japan


ISBN　978-4-8137-0374-7　C0193